時報出版

特洛伊留言

林文義

裸身男子奔馬，女子如此溫柔
煙雲迷霧之後
竟是血紅似死神追殺的木馬屠城

《特洛伊留言》目次

自序：靜與淨之虔誠

這是相異尋常寫作的一次，華麗的冒險。

手寫字日以繼夜，堅執以筆就紙，猶若抄經般虔誠，這是我對護持一生的文學，致敬。

偏執的七旬時分，厭惡科技，至今仍排斥電腦打字，古老手藝人的真性情，率直不馴。

手記體散文，這本書如同逐時心情，習於今日書寫，明天審視，不合平生從業的副刊編輯標準，白色修正液嚴校訂，不容情，刪之毀之；不也是人生處世的靜與淨之虔誠。

沈臨彬僅有一書：《泰瑪手記》，瘂弦唯一詩集：《深淵》是青春習畫未竟轉為文學專志。信實的懺情之我，或以島鄉人民、土地、歷史作題，不虛偽不矯飾。意外的不在報刊先行發表，這是我與讀者最真切的交換心事。

特洛伊留言

1

「脫北者」：自喻是離開台北的人。

懷念記取，青春至晚秋，台北悲歡歲月。……毫不猶豫地遷居桃園和台北的邊境地帶——蘆竹南崁。六八逐老之年，不必不捨的自在。

距離首都二十六公里路，感謝國道一號的便捷，子夜高速公路靜默少車，以時速一百公里穩健來回，彷彿夜夢中展翼飛鳥的蛻變，時而茫霧，時而月光；遙想：朝鮮半島在二戰後一分為二，北是俄國主子，南是美國附庸，五〇年代的南北韓交戰，同文同種的可以歡會握手的同胞只要一句——砍殺哈咪達（感謝）不就彼此熱淚盈眶之親炙。三十八度線阻隔南北親人的重逢，鐵蒺藜、機槍塔台，防衛：脫北者。

我啊，安然自在的自由選擇，就從基隆河舊河道填土成豪宅樓廈的：台北市大直明水路旁，安住二十三年的舊居，毅然決然越過邊境，來到桃園南崁，近兒女，多麼的欣慰靜好。

文學老友提示、規勸，不捨諍言——你啊，離開台北，就再也難以返回台北了……。我笑答——告別就不必眷戀，新地方也許陌生，晚秋之我，學習初識不就更好？現實評估，只要三分之一房價的南崁，換大直之昂貴有何不可？不是北韓投奔南韓的「脫北者」，還要冒險偷渡，三十八度線兩方的機槍，殺人如捻蟻；但看NETFLIX的南韓戲劇，他們比我們還誠實。

2

焚書意念？母親逝後，思念的遺緒若有似無的隱約，不在夜夢，而在晝；幽然靜時，不免自問：活著比死去幸福嗎？

祈許漸忘的理由，就勤寫多讀吧。南崁名店台茂購物中心六樓誠品書店，買到四冊合一的日本十六開本橫式筆記冊，臆想：就藉散文書寫或手記形式，未來的一書，能否有新意？

新意？小說得以演劇誇張，新詩可以歌詠抽象，散文吧？半世紀引為專志，自信熟稔反而是詭異的懼怕記憶重複……中國散文家章詒和名著：《往事並不如煙》，磊落、大氣的提示——記憶事實非常苦澀，倦眼回眸終是生命如此艱難……寫或不寫呢？我，一再自問。

選擇性，記憶？多年來時而請益詩畫名家：席慕蓉教授。爾雅版二〇〇六年日記書作者的她，言之——日記出版面世，事實是「選擇性」書寫。迴向我有幸同在爾雅印行的：《二〇一七日記——私語錄》，不也是「選擇性」？的確如是。避開貪嗔痴，閃躲愛與怒……真誠實嗎？至少，我警示自己，不虛偽，不矯飾。

半年筆記本寫完了……竟想付火燒去？

何以，厭倦散文書寫重複，卻依然不免留存記憶？竟筆讀之，反思、質疑著自己……。

3

很多年前，血統論的台大醫院教授在一次酒聚裡，忽然要我拿下眼鏡，近身細看我的眸色，那般專業的審視；結論定義——你啊，有平埔族血統，北島近海的：凱達格蘭。很多年後，彷彿神啟般自然的以此作題寫了一首詩。

堅信自己是：凱達格蘭後裔，我不懷疑；珍藏一本情慾小說，一九九〇年前衛版：《西拉雅族的末裔》，書中那南島的女子潘銀花，多麼美麗，享受性慾，誕生兒女……。是啊，人間悲喜如火獄，只有男女歡愛時刻，才是最真切、深情的天人合一；作者是：葉石濤。

敬仰的葉石濤老師曾親手送我一盒牛肉罐頭，那是多年前首屆「自由時報文學獎」頒獎盛會後，他回高雄左營，我遺憾向老師告白——忘了攜帶《西拉雅族的末裔》、《蝴蝶巷春夢》呈請葉老題簽，他說：你知道我在寫什麼。

逝後，台南市政府成立「葉石濤文學紀念館」，林佛兒先生規劃設計，可貴的四百字直行稿紙，時而敬託筆名：吉也，原名：張信吉詩人，服務於台灣文學館。拜託他為我郵寄葉老文學紀念館四百字稿紙，手寫出版好幾本書……某夜住台南，夜未眠，回眸彷彿夢一場。

是啊，夢一場……島嶼至今仍妾身不明，猶如長夜不眠的夢遊者，書房走到陽台，僅為了仰看靜謐的月；雲掩霧濛悵然問：青春之初至晚秋最後，都是由衷索引、辨識自身本質真切的存在意涵嗎？人生實難，我，領悟了。

4

靜賞 NETFLIX 台，一部以遭受獨裁政權殺戮、壓迫的逃亡難民作題的西班牙電影——懷孕即將臨盆的母親，禁錮、躲藏在一具暴風雨航行，不幸被拋棄於大海中的貨櫃，極端無助地漂浮……全然絕望的想割腕自盡，腹中的嬰兒以蠕動呼喚母親，一定要無比堅強存活下去！海水浸蝕半身，艱難生下了孩子，孤獨卻勇健的安置在半沉危阨的貨櫃，作成就是一個家。一個人的中秋夜，月未臨陽台，我觀影盈淚，思索——如果是文學，作者將怎般落筆？最絕望的致命時刻，因為初誕的嬰兒，尋求希望。

不是夢境，現實呈現的嬰兒成長的可愛流程；手機時來的影照，我的愛孫小螃蟹般尋索似的肢體挪動，未諳話語，但我相信，他，一定要表白什麼……？如若我得以等到愛孫們逐漸懂識人間真假初時，一定要告訴他們爺爺曾經在二〇二三年中秋夜靜賞電影台，看見漂浮大海，堅韌母親在極端無助誕生嬰兒，賦予的勇氣。

5

遙遠詩社同仁竟然在萬里之外淒然病逝？辭世的詩人臨終前留下遺言否？或者記憶的最後還是未忘最初衷愛文學的不渝允諾？猶若陽光的尋索、合聚，誰是恆星的巨大光熱，誰是自知冷冽脆薄的隕石……似近還遠的関於年歲，他們泊岸幾顆沉定但仍有些微驚惶的星球，似乎存在著一縷古老芳香的氣息，那是被傷害、誣衊、侮辱過詩的靈魂，依稀遺留著戰亂後的痕跡，以及隱藏；如同黃昏最後一抹霞色殘存。

淒然病逝於南非的詩人張雪映，本名張興源。贈我木刻送子觀音，賀我一九九八年夏遷居台北大直，問我——未來台灣會蛻變何如？我苦笑無言以對，只反問張雪映：你還寫詩嗎？

久未詩，他微嘆；談起在南非結識反對人士：曼德拉。未成為總統前，他安排來訪台灣。這能印證什麼？遙遠回憶，張雪映的詩集《同土地一樣的膚色》一九八三年前衛版，我啊，竟然失去了這本；更早德華版《放浪小調》，印象毫無記憶？近讀二〇二三年十月號四五六期《文訊》雜誌，向陽、王浩威悼念二文，夜已深人未靜，我不禁淚下……《陽光小集》，我們以詩祈盼苦悶的台灣，得以夜暗終見黎明。

不寫詩卻加入詩社
喜歡詩但沉默
詩人們問我為什麼
我傾往是一種組合
彷彿那時陽光的年紀
青春和夢都在詩裡
詩的歡聚只有十三集
多麼意外的愛與別離
三十年後才學習寫詩
點一盞燈在晚秋時候

6

晚秋漸冷，近冬時節，遙想北國之雪。

他們說：你，不可能是最後一本書吧？

彷彿依稀……白茫茫夜雪，飄了下來。

我，悄然舉杯，遙敬酒向 Line 的詢問，已讀不回。個性隨意之我，這是生命使然，自始相信，用文學表白自我，不虛偽的自然自在。推開陽台落地窗，燃起菸，舉目尋月，思念妻，勞苦商務旅行，她在海峽對岸的中國杭州。但知華語相通，全然相異的思索迷魅；杭州啊，亞洲運動會，奪金逐銀……酒夜，去看錢塘大潮是否？去訊未回音，意外？翌日回訊，與女詩人葦子暢飲茅台酒，歡聚交心的醉睡。

那是多少年前了，台北東區小酒坊，與未來之妻相約歡會；從來不曾真切表白，勇敢的示愛——能否？我們一起走走看？妳說。靜靜回憶，數計指頭，二十年前了……那時是咖啡還是調酒？走走看，能否？她微怔後微笑好美。

憂鬱的日子也該有歌啊
飲完琴酒
我乃能攜妳涉那激流

——沈臨彬

他們說：你，不可能是最後一本書吧？

彷彿依稀……白茫茫夜雪，飄了下來。

如果，不是讀到：沈臨彬的《泰瑪手記》，散文與詩之書，這詩〈七色虹〉寫給最初筆名：光虹，再是：蘇玄玄，而後，曹又方，本名：曹履銘的二十三行詩，多麼妳我相遇的意境。多少讀者讀過也許陌生的沈臨彬文字？絕美的一生一本書，爾雅版：《方壺漁夫》，猶若一生一本書的瘂弦詩集，我的啟蒙者，少人能抵達沈臨彬文學高度，就像真切對妳的至愛。

7

女兒二〇一七年夏送我六五齡禮物是：蘋果手機。替我設定FB、LINE，我排拒前者接納後者；至今仍珍惜未曾換更精進的新式手機，蘋果咬缺口意味什麼？研發者莫非早就深諳人性明與暗的詭譎與善惡，晶片比上帝還要有信仰的虔誠，那本所謂的：《聖經》，若以文學最初認定，魔幻寫實的啟蒙，馬奎斯最清楚。

我，不熱衷科技的馬戲班嬉遊，擱置時間比手握察看還要長久；事實上，倒成為我翻拍昔時舊照、今時留影的頻繁用度……那是我留下記憶的印證，遙遠的相機，猶如自始未忘的最初愛戀，青春與晚秋的容顏應對，何時何地的壯遊和聚會，夜深人靜觀影，今夕是何年？

文學借我一生，幸而都真切留在書中了。

寫作，不造作不雕琢，直覺落筆是風格。

評論者揣測我一再的文字美學——誤解為多。任性、執著「我手寫我心」正是堅持不渝的直向文學之神的由衷懺情，不馴就是特質。

新一代人相信：手機比《聖經》虔誠。

老去的我輩，相信不相信？迷思散漫了。

影像有時比文學更真實，時間停歇在最美麗、沉定的靜止，嬰兒長成少年；我，凝視。

8

夜未眠，重讀平路小說：《何日君再來》二〇〇二年印刻版。大歌星的猝死揣臆其次，反倒是情報員報告書或虛擬探索，讀來如此真實？極端冷靜，如此凜冽……大歌星身不由己，情報員詭譎無我，平路所寫，都是世間不幸人。

讀之感慨，兩者我都接觸過。前半生的媒體工作，一是繁美，一是險阨；同是漫畫家、小說家李費蒙老師學生的師兄：趙寧婚宴時，有幸與大歌星同坐一桌，驚豔於甜潤美音的大歌星，被約談的情報員那凌厲的對話……回首遙遠的往昔，豪筆平路，都在小說中為我喚回記憶；如若我用散文描述，應該怎般呈現？

遠方有人在呼喚，不是呼喚我……

拂曉前，寫到這一段文字，書房同時聆聽大歌星吟唱悲涼的歌詞，彷彿印證她一生自始不曾有過屬於自我真正的自由與幸福吧？……（她，不容許我此時的思索？唱機裡的唱碟一再跳針，重複、怠滯）大歌星，幽靈近了？

那麼祈盼傷逝很多年的妳與我對話，我，願意。

一九五三年，我們同齡誕生，平路也是。小說以妳作題，是悲歡與同的善意；聆聽妳絕美之歌，是青春到晚秋的不忍珍惜，哀傷過去了。

9

脫北者言之「北」，就是決意離開初時自以為是，終老辭世亦是在首都台北；毫不猶豫的告別，實是愈加陌生的誕生之地，令我厭倦且疲倦。臆思：北韓人不懼生死的穿越北緯三十八線逃奔南韓，那堅執的勇氣，所圖何來？

自閉於書房。遷居桃園南崁近兒女是好藉口，以此理由婉拒台北的邀約，懼怕的大學演講，文學獎至少可默言，回想昔時逐日時政評論員每天電視台漂流來去不禁冷汗浸身。

只是純然想印證求學於大眾傳播的親臨體驗而已……坦直回答，的確是我直覺的告白，現實謀生而已……「名嘴」遺笑；人性虛矯如最脆弱的紙張，那種悲涼，借問：有意義嗎？謊話比諍言多，討好，諂媚電視前迷思的觀眾。

十六年前退出螢光幕，我一點都不眷戀。

何以告退？易成名，不虛華，自心明澈。

叛亂犯……
兄弟們為我命名
影棚照明燈乍亮猶若
嘉年華會盛典幕啟
決定以攝影機處決我
伏法則以衛星轉播……

10

就伴一盃小酒，翻閱從前出版成書的昔作，事實是索求已然散失的記憶。

生性求新蛻變，不想耽溺前世紀七〇年代的風花雪月，八〇年代的庶民寫實，九〇年代之「革命」激情……彷彿多的是一個人虔誠且真切的文學思考，紅塵多端，祈盼純淨；怎不明白這是一種注定折逆的不可能奢求。

我的人生不曾事先嚴慎規劃，彷彿前世的大漠荒原遊牧者，孤挺花一般的自生自滅吧？行到水窮處，坐看雲起時……古詩千百年雋永訴說，那情懷、意境，呼應我讀與寫的由衷相信；雖說純淨不可得，堅決不渝自許形成不必言喻的座右銘，或者蒼茫迷霧的現實計算得失成敗眾聲喧譁，嘲笑我——天真與幼稚。

天真，接近純淨。幼稚，我不世俗。

拂曉漸明，何以倦而未睡？一盃小酒再一盃……微醺收筆吧，提示必須熄燈入睡了。兀自與夜鬼或真有存在的神對話，沉默反而更有靜與淨的真切意涵，請讓我死般入眠，無夢。

不懼神鬼，只怕夢……不見故人儘陌生？

再一盃酒如何？如有夢，就帶我看海去，浪捲礁岩如永恆之歌，遠望無盡水，不近人。

11

交換一只錶，可能比一枚婚緣定情戒指，還要雋實吧？她要你記得最初相識的：時間。第一次認識一個人，偶遇或等待？而後延展的過程故事，幾乎悲歡交集的某種爭辯、疑惑、迷離……因為真情實意的超越神之信仰、鬼的詭異，左腕緊戴的時間之錶，沉定的默示「愛」的由衷忠誠——你初識她一刻是多麼美麗。

神在試探，鬼在嘲弄，惡意與祝福都是人間的揣測；人生實難，如何勇於橫渡險灘？

《聖經》：伊甸園那條蛇比創世紀之神更人性，朦昧的亞當與夏娃終於品嘗蘋果，智慧提示真知——男與女懂得愛了，歡愛不是罪，耶和華竟然暴怒驅逐祂手塑的玩偶離開伊甸園！殘忍的一本魔幻最初的小說，是誰寫的？文字如此曖昧，強作解人的笨拙留言，我不信。

……（寫到這裡，修正液艱難的乾涸堆積，難以下筆？冥冥中的鬼與神在詛咒？）藉著酒意，我心回話，那麼殺死寫作者吧！我不怕。

時間，分秒過去，想念的是遠方戀人。

12

告別時刻我不回眸
脫北之人不必訴說
距離是最好的深思
然後是安靜寫字
緩筆執書閱讀

首都千年前曾是大湖
巨大魚族，卑微水蛭
千年後大湖似乎傳說
魚族幻滅，水蛭轉生
吸血狠毒，人喫人罪過

罪過？不如醉過
就連撒旦也無可奈何

憂鬱是因為　想太多
忘了你，忘了我
夜雨傾聽的脫北者

13

追憶：九歌四十年（二〇一八）留下文字——

作家教授郝譽翔寫過已然遙遠的八十年代，引用日本作家川本三郎六十歲回憶錄《我愛過的那個時代》，形容彼時在媒體工作卻暗助黨外民主運動的我，被目為「異端」的心境。從風花雪月、濫情蒼白的文學初習的七十年代經由《千手觀音》的思想轉折，整個八十年代的十年，我以台灣土地、人民的悲歡離合、外省老兵的漂零和鄉愁作題，其實是純粹的試圖呈現島國台灣的紀實；卻被解讀為「異端」，官方私下託文友警示我的書寫，切莫「挑撥政府和人民的感情」云云……。

蔡文甫先生卻是在八十年代，毫不質疑、畏懼的為我出版了：《千手觀音》、《寂靜的航道》、《撫琴人》、《無言歌》四本散文；且在他主舵的「中華副刊」一再發表我那「異端」的文字。也從不教正我這天真、愚痴，一廂情願的晚輩，什麼可寫，何不能寫？像父執輩一樣的寬容與溫暖的全然接納。

儒雅、厚實的蔡文甫先生，我們慣於叫「蔡伯伯」。戮力於成就了四十年來和隱地先生的爾雅、葉步榮先生的洪範，相與為台灣文學如今存在，堂堂以純文學為典型的：九歌。

我一直記得蔡伯伯不忘昔時小說家的深愛。從副刊主編到出版社發行人，他造就了無數作的豪筆佳構，組匯了大江大海的文學巨流河，一定還是惦念不忘自我小說創作的從前吧？邀我有幸主編：《九十六年度散文選》，出版之後，送給我他的小說精裝本，扉頁題字——

文義兄為主編九十六年散文選作紀念

文甫敬贈 九十七年三月二十日

像父執般親炙的蔡伯伯竟稱我這晚輩以「兄」？敬持這冊名之：「解凍的時候」，一時間感動而無措了。前輩文人的勉勵和期許，如此地殷切護持……是的，遙遠的三十年前，九歌為我在被指詰是「異端」的現實冷暖之間，蔡伯伯一再無畏的以出版支持，為我解凍。

一直就自知不是暢銷書作者，我是個認命之人，九十年代後的書就疏離於交付九歌，實在是怕滯銷而讓出版社為難。十多年間就只印行了：《港，是情人的追憶》、《茱麗葉的指環》新書，彷彿是在主編「自立副刊」時的輕緩留筆紀念；陳素芳總編輯恆是笑說，蔡伯伯常問起，文義有沒有新作給九歌呢？二〇〇〇年的《蕭索與華麗》一九八〇至一九九〇散文精選集、二〇一五年的《三十年半人馬》一九八〇至二〇一〇散文自選集，九歌明知這是擇取昔時三十本舊著，珠玉挾泥沙俱下，還是無怨無悔、不計成本耗損，為我的散文四十年留存最堅實、美麗的印記……。

14

魚、鳥、星、月、海潮、長髮、女體……八開素描本（事實是發表散文報紙副刊的剪貼冊）什麼時候，黑色油性麥克筆隨時成畫？一生摯友畫家何華仁在他辭世前三十五天，為我鐫刻一方石印：「一樂」……兩人無語的互敬最後的，他最喜愛的英國艾雷島威士忌……我竟不知，那是摯友最後祝福的：告別酒。

一九五八誕生，二〇二一辭世，六三歲。從此，我怯於重返他定居的：宜蘭。

石印：「一樂」，要我晚年一定要快樂。

夜深，人未靜。剪貼副刊自己的散文之後，頁空白怔然面對，側首瞥見華仁遺印，用來戳留紅痕於著作扉頁嗎？彷彿夢裡與友歡見，那時，我們還年輕、壯懷滿志，報社同事的貼心親炙；華仁忽然肅顏向我說話——你的插圖慣用麥克筆，有木刻版畫的特質，試試看吧！

倦眼回眸，半生一過三十年了，終於終於拿起久違的黑色粗麥克筆，畫下第一幅圖象。不是散文的紅塵人間，我已厭倦主流唯尚的虛華、矯飾，浮誇且偽善的台灣性格；倒一盃酒，遙敬已然化為一縷清煙，傷逝的摯友華仁，淚，還是忍不住流下，飛鳥遠去，您都好嗎？

魚、鳥、星、月、海潮、長髮、女體……最純淨、虔誠的線條，敬謹蓋上「一樂」紅印。

15

剪下一枝小綠葉，插枝在蓄水小瓷瓶，開出杏白小花，這是綠手指妻子，美麗的巧思。

南崁新家的日子，但見凝神專意的陽台植花整樹，我持帚待掃她剪下的殘葉；妻子昂然手握綠葉、花紅，三兩下巧手置於塑形不同的瓷瓶，放在我寫作的書房，綻開或靜止都好。

擁有「法國花藝師」證書的妻子，許是長久媒體恆於以「珠實詩人」稱譽，低調不宣亦諳花藝的美學研習；猶若她初寫的歌詞——

因為你
冬雪已化作春天的溪水
因為你雁行千里鬥陣來相隨
咱的青春是一段唱未完的歌詩
咱的未來是寫佇日曆紙的愛你

——曾郁雯：〈幸福進行曲〉

小瓷瓶插枝的小綠葉，開出杏白小花，猶若絕美的六行小詩：雁行千里鬥陣來相隨。

16

五十年後，被壓制的隱忍，巴勒斯坦激進伊斯蘭組織哈瑪斯，五千枚火箭突襲強勢、高傲的以色列；後果是巴勒斯坦人民煉獄般的被以色列肆意報復的不幸，千年世仇相互仇恨，相異信仰不能相容、尊重，加薩一片廢墟。

哭牆？看不見的虛構之神掩唇嘲笑。只有耶穌依然不解，何以羅馬人釘死祂的十字刑架竟成了信徒俯拜的神聖象徵？我為日本作家村上春樹抱屈，去以色列領取「文學獎」？那裡除了《聖經》與《古蘭經》信仰爭論之外，何有真正美與愛的純粹文學？春樹太天真了。

郭松棻先生形容村上春樹小說是：童話。直言馬奎斯小說《百年孤寂》太囉唆；近讀二〇一四逝世，旅法作家教授金恆杰遺著《昭和町六帖》二〇一八年十一月，允晨文化版。二者對應恍然，同樣出身台大外文系，學長學弟筆路竟是如此酷似；更合應的是相與的異鄉孤寂，齊唱台語歌：〈黃昏的故鄉〉何不？

17

拉下窗帘，拂曉時分也該睡了，牆沿的貝殼狀夜燈暈黃光焰照亮了攝影家：陳建仲的楊牧側首向窗之沉思遺照；我想問他——所思念的是遠的西雅圖，還是近的花蓮？

異鄉與原鄉都留在文學一生的著作群書。

八月初，我從溫哥華穿越邊境抵達西雅圖……三十七年後重返斯地，事實是回顧彼時在華盛頓大學圖書館與楊牧錯身而過的償還；是啊，最初四季版散文集：《年輪》，楊牧描述鮭魚的意象如此深切，那不就是花蓮的鄉愁？

告訴同行的妻子和詩人白靈，重遊西雅圖不是觀光客心情，波音公司飛行博物館或者漁市場邊的星巴克創始店；我，敬悼楊牧所在。

返台後，時差未復的拂曉前幽深悄靜的不眠夜，終於執筆寫了追憶八十年代的散文：〈詩人，遠在北西北〉，相隔兩國邊境，瘂弦在溫哥華，楊牧在西雅圖，兩尾思鄉的：鮭魚。都是絕美豪筆，半世紀前啟蒙我文學的初航。

18

評審：二〇二三年鍾肇政文學獎在秋天，驚豔決審十六篇各有特色，一時之間，竟而失神的不知如何取捨？……父母離婚，孩子心情。宗教入門，愛而疑惑同性戀，堅信虔誠。病房，生老病死之深思。原住民現實的哀傷……提示逐老的自己——新世代所思的新文學。不能以半世紀前的文學形式來檢驗五十年後的散文書寫，他（她）們更辛苦於謀生的艱難。

長夜，敬看參選作品必得專心。小酒伴咖啡，喘口氣陽台抽根菸……一再告訴自己，明天午後，桃園圖書新總館評審會，定要嚴謹，不容輕慢的率性排名，我向來厭惡「賞金獵人」，回首主編過九歌年度散文選之我，堅持不選入二〇〇七年各報文學獎作品，其來有自，獎前多年，借問——你（妳）曾多年在報紙副刊、文學雜誌時而發表作品嗎？逐年而來的三報（聯合、中時、自由）文學獎只是賭局嗎？

半生文學雜誌、副刊主編工作，我清楚。

文學不高貴，陰暗如同黑社會；另類的「詐騙集團」……新世代的人啊，你虛無我明白；不要自欺欺人了吧？聰慧於文字不是藉以取巧，只為了參選「文學獎」才動筆寫作。我深切記得一雙原可以是擅寫者夫妻，銀行或科技業豐富、優越的生活，參加「文學獎」才戲謔似的各寫一篇？得獎後再也難見投稿於副刊、雜誌的新作散文，贈獎會面見勉勵，終是徒然。

19

隱地先生一本書——《大人走了，孩子老了》再加寫的由衷慨嘆，不就是最後純文學告別的吶喊嗎？爾雅出版社是多麼美麗、壯闊的文學風景，今時幾人會敬謹拜讀？不時一再重讀呼喚記憶的：「年代五書」，比之前之葉石濤：《台灣文學史綱》、後之陳芳明：《台灣新文學史》還要真切、深刻……壯士斷腕、如愛未忘的決絕，猶若相與的童時少年家中雙親的爭執、疏離的，我們相仿的哀傷……。

呼喚父母，他（她）聽見嗎？不回答。

20

如廁之時，鏡中反照的，是我陌生更陌生不識的容顏；故意扭曲的皺摺是對自己已然頹老的嘲笑是否？不憂傷，只是自嘲的些許無措，此後歲月，多活一天就是一天，欣羨得以在深睡中靜靜死去的故友，不必給家人增添麻煩……智者最後的遺言，如竹久夢二臨終前兩個字——謝謝。親愛的妳，未來我也是如此說。

21

南崁老街「南欣藥房」的謝藥劑師，每週為我推拿復健的定時按摩，總要我去游泳，健身院重力練習，或者如他二十年來不渝且專志的去參加國標舞……我倒趴著，吞吐氣息。

寧可回程在南崁溪上的「竹夢橋」中央，蹲起三六下，想著久未重遊的日本京都鴨川風情；憶及前幾年越洋電話每週一次，與詩人瘂弦老師暢談往事不如煙，溫哥華沒有距離。

交談，盡是文學回憶，如歌的行板。

留影的歡聚合影，師生擁笑那樣自然。

不再去話，回之：空號？留言他聽得到否？對著虛空說話——保重啊，老師。短促請安，切斷語音，詘然夜讀瘂弦詩集，他知道。

不知道的反而是我，幾時夢中見，微醺遙敬，僅留一本詩集，心事都留在不言中。

22

藍的天，綠的地。何時這美麗的顏色被汙名化為政治詭譎般分野？小小的島鄉幅員僅有三萬六千平方公里的蕉形島嶼，內戰般地荒謬不必流血廝殺，只靠汙衊、骯髒的咒罵、抹黑，從青春到晚秋，同胞相互傷害、耗損。無格的媒體比倫歡、淫惡的變節、失格的造謠與依附執政者起舞，教育？馴羊愚禽般迷弄人民。

我，寧可是自逐的：無政府主義者。

百年前的先祖，艱辛勞苦的從饑餓、欺壓的中國遷居到台灣，閩南語多麼真切形容——台灣：埋冤。天真以為此是西方謊稱：「乳與蜜的迦南地」，事實僅是被殖民的悲哀之島；如此孤寂，如此不知所措的蒼茫、無奈之地，自始，不曾被祝福，只是一再被掠奪、壓抑的卑微小妾……中華民國？早在一九四九就被中國逐出海外的蔣介石政權，毛澤東昂然佇立北京天安門紫禁城塔樓宣稱——中華人民共和國正式建立！蒙難的是方從日本殖民半世紀，好不容易回歸「祖國」的苦難台灣人，怎麼「祖國」竟比殖民者更殘酷……夢碎了，更絕望。

一再被凌辱的移民島嶼，至今仍無昂首、自主傲然的宣示——台灣，是獨立的國家。

藍與綠，內戰不休，私慾是事實的真相。

無恥的政治爭奪，文學留言，直是感嘆！

23

白紙一樣不夢深睡
詩人說我是以美麗抵抗
如有夢，寧可重逢戀人
勇敢傾言能否攜手行走
反問我——你要什麼？

我，要什麼……回眸倦然
沉默就是我最深的摯愛
無言的低首微笑
羞赧的答以如獻花
妳啊，最愛的人

彷彿聖堂初次面見
前世般妳我錯過

三峽河幽幽流著
我最遙遠的祈求邂逅
顏彩的純淨如愛等候

24

永恆的日子——二〇〇八年「披露宴」。

攝影家前為白先勇劇照，後為我與妻婚宴留影，相冊靜靜安置在書房床下抽屜，彷如片斷忘卻，抽出翻看時，記憶回返是如此美麗。

遲至兩年三個月後，婚期是在二〇〇六年五月，為夫妻簽字用印的摯友們撒花後，分享香檳祝福，天上人間，我如何以文字描述？

那一時刻，猶如夢幻般地留駐了永恆。

女兒牽婚紗神聖緩步行入宴客禮堂好嗎？終究是新郎手握婚紗於後，新娘前行花般在賓客掌聲中走進宴會的紅毯……那段路好遠。

列席的，多的是相識久矣的文學好友，我的羞怯反倒是年輕時對婚姻的輕忽與疏離的歲月憾憶；任性的自以為是，那時我在想些什麼？我疏離並非世俗偷歡，而是專注文學書寫，那是逃避難溝通的障礙，抑或是預知那人與我終究是兩條相異的河流……回憶還是遺憾。

半百之年終於，勇敢的向相識十二年後的戀人提出愛的請求，情怯且虔誠，就是她了。

十多年後，攝影家許培鴻拍下的「披露宴」相片，今時翻冊靜看，時間凝定最美一刻。

愛是美好，傾慕是妻子培育女兒的堅執，那樣相信，如此偉岸的母親典範，我，敬佩。

一生笑顏，盡在至愛不言中，妳，了解。

25

至今，書房對門的臥室，我還是怯然近身。夜臨不開燈，就怕光影之間，她，依然坐在床前，不語微笑的反問——你，是誰？

是啊，我是誰？白髮如雪，顏無皺摺，反倒我的一臉滄桑比妳倦然……很想虔誠寫一首詩給依戀、眷愛的妳，嬰孩歲初到垂老今時，不識華文之妳，如用母語吟誦，妳聽得明白嗎？多麼迢遙的少女時代，基隆河大彎段大直磚窯旁，冬寒夏炙的孤伶淒涼，妳向我說過了；十八歲初習文學的我，怔滯、不解的彷彿依稀，那是小說情節抑或是台語歌謠的孤女願望？

離開後，妳的臥室緊閉房門，我試圖殘忍的遺忘妳已不在的事實……日式背襯毛玻璃的原木推門，怯於開啟，除非是沐浴時候，妳安寢的床丟棄了，牆間橫式隔板放著書房溢滿，必得另置的文學群集，未喝排列的各式醇酒，我最衷愛的仿宋款式雕花長椅，空虛的寂寥。

妳還惦念我嗎？我自始思憶妳未曾離開。

思念和回憶，時而茫然之我，流下淚來……難以傾訴別後的哀鬱，那就借用一段詩人李進文遙祭父親之詩：〈靜到突然〉獻給妳——

唯一不打算研究的是背影
最想要告別的是想法
對愛
靜到突然擁有一切喧囂

至愛的母親，我用母語吟誦，妳，聽懂。

26

商品包裝各式巧思，吸引、誘使消費者傾慕選購，自是經濟行銷的模式；我不解何以菸類長盒，烙印提示：抽菸致癌、病痛，極其死滅的醜陋影像？如是「善意」，禁菸最好。

這是奸詐、極其惡意的反諷！別辯言此是宗教威嚇世人「魔鬼之誘惑」，偽道德的耶和華「選民」，試看自私的他們如何以屠殺異教徒，誇言是「正義」。你我所深諳的帝國主義，思想、紀律、文明，都必須由他們制定。

善意？偽道德。禁菸何不？可憐且可恨的似乎「永遠」甘於被殖民的島鄉，亦步亦趨，帝國命令，邦屬遵循，獨立自主？笑話。

我，不馴的點菸，很快樂，嘲謔：帝國之虛矯。

27

《幼獅文藝》決定在二〇二三年十二月，最後一期宣布停刊。總編輯來訊告之：很悲痛。

朱橋。非常非常遙遠的名字，幾人記得？

瘂弦。被尊稱「永遠的總編輯」，假若隔海萬里知悉，如何感覺？記憶，往事如煙吧；風吹過，海灘留下足跡，倦眼回眸，蒼茫。

我的深刻想念這本長年的文學刊物，反而是青春之年，以QQ筆名任職美術編輯的後來攝影名家：阮義忠先生。未持相機之前，擅於針筆插圖，抽象的絕美線畫，他還記得嗎？

時間、歲時，我們相與走過，這樣就好。

28

晨光乍現又是新的一天
一杯酒閃亮如星光昨夜
回憶早已拋棄
老人靜默獨行
你，是黎明前最後之星

燦爛絕美，行過歲月
青春鳥唱歌高飛
你說：夢一定要完成
她說：那麼愛呢？
言愛的女孩是誰人

長髮飄飛，單車椰林道
二十年後她和你邂逅

原來等待一生就是彼此
昔時紅塵那般殘忍
含笑歡喜，互敬酒一盃

讀我青澀第一本書
黃制服妳的十七歲
夢文字，誰都不懂
秋天約定我們好好走
老人夜未眠，寫下這首詩

29

八六高壽的隱地兄長分別以日記兩月一書的形式，書寫季節逐日的閱讀記憶；懷人、抗戰、國共史話、文學心得……爾雅出版社已然昂揚進入第四十八年了，據說二〇二五年，即將宣告半世紀降臨，五十年凜冽、不屈，堅持最美麗的文學風采。

曾經，純文學黃金年代的紙本書冊，於今網路的輕慢、放浪成為所謂的「主流」；粗糙不雅，意識朦昧，再絕美的文學也是徒然。

凜冽、不屈的出版人作家隱地，沉定且昂然的執筆，猶若日記命題的「雷聲」提示，記憶歷史不容忘卻的勇健情懷，日記信實的表白、告解一個文學人的衷愛與悲歡，就是一生。

青春到晚秋，隱地不老，完美的護持與堅執；爾雅，終究是台灣文學不朽的永恆印記。

30

搭乘兒子座車，行經八里回南崁的濱海公路，那是相偕從我的母親，他的阿嬤安葬在觀音山下，五股墓園的午前；依然沉默不語的兒子似乎成年之後，與我這在他成長過程自喻「失敗的父親」變得格外疏離，許是很多年前離訣他的母親，兒子隱藏長久以來的隱痛與埋怨吧？父親對不起兒子，無言以對的遺憾，我能辯解、告白什麼……請原諒我這失敗父親吧。

右望，海峽之藍濛霧，父子默默無語。

陽光停滯，好像不確定的誰先說話吧？

——呵，好久不曾看海了……父親說。

直眼向前，專心開車的兒子，不答話。

——我們，去哪兒午餐？……父親再問。

放眼是緩慢挪動的海岸發電大風扇，圓弧的慵懶，如我這逐老父親，倦然的凋敝心情。

——爸，您，午餐想喫什麼？兒子開口。

我這父親，陰鬱轉晴亮，悄然地笑了。

——南崁台茂購物中心，韓式烤肉好嗎？

半小時後，兒子將車停妥。購物中心五樓名之：雪嶽山的銅盤韓式烤肉，手機留影久而疏離少語的父子靜謐，卻滿心愉悅的午餐。

雪嶽山，韓語 TOLASAN。記憶不忘的一九八五年初夏，相伴擅於散文創作的楊君，去南朝鮮旅行；同般苦思在婚姻苦澀、無歡的無奈心情，抵達昔之漢城，今名首爾。旅行是兩個男人的抒懷排遣，短暫的自我放逐吧？夜來酒館，真露醇酒互敬，韓國大學教授教我們學唱：阿里郎、桔梗花……交代帶領的導遊，一定要送這兩個異鄉聊賴、沉悶的台灣作家北往雪嶽山，直到南北韓交界的北緯三十八度線。

是啊，三十八年後此時秋夜深暗，書寫暫筆，桌前輕啜一口韓國真露醇酒，不由然遙想起久未聯繫的散文豪筆：楊君。您，還記得旅行回來後，您寫了：〈半島無窮花〉，我完成：〈邊境極北〉……雪嶽山酒夜，互訴哀愁的現實，互許美麗的文學；我，自始不曾遺忘。

31

慣於郵寄明信片：二〇二三年十月二十八日——

昨夜早睡，今晨五時三十分起床，竟重拜讀您一九八六年前衛版：《誰怕宋澤萊？》……我們青春年代思考。我在散文的盲點，如您所言；不禁愧然反思：林雙不兄久未文學？吳晟兄疏於聯絡……我們，都老了。遷居桃園南崁兩年四個月了，少寫多讀，實是昔時文學多深切，今日新世代我陌生……已然是自我放逐之人。還是絕美的小說：〈海與大地〉、〈打牛湳村〉，您典範二作。去夏，母親九六確診別世，我很哀傷，靜靜書寫：八

十年代文學記憶，想起一九八〇年，
你我去北投夜訪黃春明先生，四十年
前了。

32

明月幾時有？把酒問青天

不知天上宮闕，今夕是何年……

蘇軾的古詩，不時自然的吟詠於心，那是幽微地夜坐花樹陽台，尋月靜美的祈待。（寫到此段，倒盃小酒怡心情吧！）或許點燃香菸安頓凝神，彷佛夜暗裡眨然的星閃，稀微的呼喚，雲掩的月色何時銀亮的呈現……你在嗎？

天與地的距離多遠，人與神的對話多近，就在夜深人靜的幽然長夜，默言以無比的純淨借以紙筆書寫；我活著，卻遙念死去故人，美麗的從前，哀愁的以後。祈待明月向我解析，這人間何以如此多端，芥川龍之介言之：地獄？西方輕言有天堂，那麼何以死滅是尋常？

盡是千年未歇的烽火蔓延，比瘟疫還要殘忍的毀天滅地。但見近時自詡上帝「選民」的復仇之戰，殲滅仇敵百人，冤死無辜的母親、孩童近萬……那不是正義，是暴虐的屠殺！

一樣的仰首對月，千里外絕望的哀號。

我，看見了，穿雲而出的圓月。你，如我同感蒼茫、沉寂，銀亮帶著陰鬱的幽暗，他們說那叫：寧靜海。天文學者明示，海無潮浪，只是深邃寬廣的洪荒隕石地穴，沒有人真切知悉，是否有生命存在，只有揣臆、幻覺。

遠方有戰爭，滅族的屠殺，殘酷延綿……我的悲慟，臨月相對無語，人間地獄一如是。

33

鮮魚湯，據說：大腸病變可助復原？

老兄弟，好久不見，不時惦念他長年病情。台北距離桃園多遠？同年歲暮的我們，竟如：天涯海角？口頭關心終究徒然，獨居養病的老兄弟，大年夜一起歡聚吧，我，一再邀約。

記憶何如美麗啊，千禧年前，留學旅洛城建築師的他決意返鄉，照應年邁的母親，同樣從紐約回來的女子介紹我們相識，一見如故……一九五三年誕生與同的台北印記，大直新居裝潢設計就自然邀他統籌了，給我好書房吧！

我們欣然帶著母親，陽明山中國飯店下午茶，華語和台語母們不通曉，兒子們是翻譯，她倆毫無阻隔地相對敬咖啡，慈顏何等安逸。

很多年後，王媽林媽在天重逢必定歡喜。

再送永康街、麗水街巷間海鮮店：「府岸」的魚湯親交，老兄弟擁抱，含淚互許安好。

34

慢車，每站必停的慢車
慢車，開往過去的慢車
大站過了，小站；
小站過了，稻田；
稻田過了，蝴蝶；
蝴蝶過了，是海！

——楊澤：新寶島曼波

詩人的紀錄電影：〈在島嶼寫作〉系列。首映會在台北華山光影，年歲相差十年的小說家駱以軍意外成為影片中的主演人物，是楊澤執教文化大學的徒弟；逸趣昂揚的如此自然。

許景淳名曲：〈天頂的月娘〉絕美的吟唱，太平洋幽藍海色猶若楊澤四十年前詩裡的「瑪麗安」。作為紀錄片主角的詩人也是導演？終於告白，那是美學創作屬於自我的祈許。

青春，薔薇學派的誕生接續彷彿在君父的城邦；晚秋，不介意融入世俗，全然蛻變風格的：《新詩十九首》，詹宏志前序，楊照後記，回憶或定位，雋實的呈現詩人純淨的初心。

台北永康街。茶與藝，歌伴子夜酒，那是不寫詩卻內在詩般的流洄；生活是怎麼一回事？故鄉嘉義送別母親又是何如的哀愁……？

這回似乎——全然
顛倒過來了——
反而是，母親一個人
出發到遠方去了……

詩人悼亡詩：〈一個人的旅程〉。

我，從十一月三日晚間電影院走出，忽而清晰的想起楊澤送別詩的前與後四行，不由然地同感哀愁的憶起母親辭世半年後，靜寂無聲子夜，寫下散文〈告別：母親〉，或許，就放置在這一本書的卷末……真的，留下我一人。

新寶島曼波，詩人紀錄電影之命名。相與等同童少記憶，葉俊麟作詞，洪一峰作曲；我們合唱吧——寶島曼波，曼波寶島……。

35

我的胸口，結結實實沒入了匕首……我送給尤里，我親愛的俄國小男孩，鑲著蛋白石，雕著古蘭經文的匕首，現在，他原物歸還了，只餘下刀刃，刀刃在我心中。夜好水了，暈眩又清醒……博斯普魯斯海峽潮水的湧聲、氣味從來就不曾像此時此刻這般的心領神會；我想回家，好想好想這渡輪快些泊岸，回到我的後宮，我的城堡。偶回首，住所的燈光還暈亮可見，我的軀體傾斜，失去所有力氣……碰撞在後舷的矮欄杆，然後滑落。

——小說〈流旅〉二〇〇三

這段文字，彷彿睡中不時夢魘，那滾燙、鮮紅之血，是最終絕望的眼淚？那尖銳、殘忍的匕首，是無情、凜冽的死別？小說的結束，試圖逃遁、閃躲的作者是我，竟筆之心疼痛。

第三次重返伊斯坦堡，就在二十年後了，同樣的冬雪十二月，卻不感覺寒冷。人在博斯普魯斯海峽岸邊的托普卡帕宮博物館，我靜看玻璃展示櫃裡，那支橫臥的珠寶匕首，握把鑲著碩大、晶瑩剔透的三顆祖母綠，伴以鑽石群據純金打造的刀鞘，王者蘇丹威權與華麗。

二十年前小說，匕首誤殺，因為，愛與恨，真與假的辯證、爭執，或者只是荒謬遊戲？彼此最後的約定，誠意和解的可能，就存在少年時代的朦昧天真，中年天涯重逢的巧遇，內在不予言之，生命蒼涼，遺書般的感懷——

我們都被無情的年華逐老，我將你
最青春、燦爛的一頁予以凝固，像
水晶球包裹著千萬年前的冰河遺雪。

36

手機於我的定義，是存念珍惜的照片。

不設：臉書，厭倦徒然的浮誇與爭論；僅為了彼此溝通、日常聯絡方式的：Line。可以婉約地以簡短文字答問，偶而通話反倒親炙。

翻拍昔時相機留影，追憶逝水年華。

想念你，回眸我，人生終究有情的存在或死滅的無言以對，但見凝滯、微笑，都是按下攝影快門剎那的真心吧？夜深沉，指滑手機憶看反思，比夢中幻覺真實。或許是純粹的一幅景緻，近的島鄉，遠之海角天涯，行旅印記。

你我不相忘，手機最初的創始者，莫非是神啟的傳信使徒？冰冷科技外，賦予炫麗、絕妙的圖像美學……猶若眷愛般的婉約留情。

七十七年前，往事不如煙
龍潭少年初戀日文情書如此纏綿
耳朵聽不見……
對座的女孩唇語幽然
給愛的信，妳會看見

那時啊，文學還很遠
雲和月是我的思念
入夜吹笛，替代詩篇
沉靜的純淨是心的語言
幸福是什麼？未來又如何
蝶戀花，能否牽妳的手……

緣起緣滅

未完成的青春悲歌
早就遺忘或是隱約記得
依稀彷彿，留憶在小說
若有似無，遠去的妳
多年後，是否讀過？

妳退還的情書，我竟然留著
後一代人巧思翻了
我反問——你們要做什麼？
他們出版，書題《苦雨戀春風》
妳我的龍潭，青春恍惚再入夢
往事不如煙，七十七年前

——遙祭：鍾肇政老師

38

雪藏蟹，彷彿舞台演出後謝幕的告別。

十人座大圓桌轉一圈，鮮活的硬殼水族，抖動的雙眼，張合的口器直面即將品嘗、吞噬的食客；它，顫慄、無助地知悉下一刻……？是的，下一刻，每人餐盤燙熟的蟹腳肉。

海鮮餐廳二樓包廂窗外但見虹狀紅鐵橋，下端潺潺湍流蜿蜒出海，就是蔚藍、壯闊的台灣海峽了。我問：湍流莫非是南崁溪？座中人竟皆答不知。……這是桃園海岸的：竹圍漁港。

回想午餐相約，林口Ａ９機捷站前見，建設公司陳董事長七人座旅行車接送，他是盛宴的東道主；我是二次受邀人，初識的親切。秋陽暖烙，向海直行，兩旁的工廠、民屋間挾蓊鬱綠樹，陳董欣然憶敘童少，大園是原鄉。

後座的大學副校長，忽而一聲慨嘆，回眸但見泛紅眼眶，坦言之，他，也誕生於大園。這是：「傷心的所在」？青春年代，我們熟稔且吟唱的江蕙名曲，副校長，何以感傷呢？

半世紀前，童少靜謐安好的祖居，後來被強制徵收土地，美麗田園儘墨，成為今時的：桃園國際機場——政府兩次拆掉我家房子。

這也是初識，二見副校長，我沉默傾聽。

近鄉情怯吧？餐席再說一次，群酒敬他。

盛宴後，政治學教授提議行車北濱公路回林口，第二攤去ＫＴＶ歡唱吧！巨大的風電占領平蕪海岸，慵懶旋動葉片，副座陳董回頭說：看啊，最接近海的嘉寶國小，我的母校。

車中又有人婉約的回憶——年輕時，台南師專剛畢業的女子因他住台北，毅然抉擇抵此落腳執教……我們追問那以後呢？訴說人苦笑的簡答：分手了。沉默，晚秋之群不再心事。

ＫＴＶ歡唱伴酒，父是外省，母是本地的大學副校長果然以流利、純熟的台語，雅音唱完：〈傷心的所在〉；原鄉不遠，或許遺忘。

那是美麗與哀愁的一天，相與的真情。

39

有人問起：施明德。

如果以此為題，是要以文學形式，或歷史角度及其政治判斷來予以詮釋呢？與他熟識的友人如此問及，一時之間，我竟感到無言。

永遠的理想主義者？浪漫的革命家？或有他曾經近身的幕僚以馬奎斯小說：《迷宮中的將軍》予以惋惜之稱呼……。

將軍失去戰場，迷失在無垠的時空倒錯之間，也許再也尋不回往昔那勇往直前、不懼生死的豪邁、浪漫身影；是他誤入了迷宮或自願闖入孤寂的領土？

這片而今只有權位爭逐，早已失去最初理想、堅執信念的島國，革命不再，自由已是普世價值，施明德如何抉擇下一個驛站？哪怕曾是英雄的稱謂，再也無以持續受難半生所獲取的尊榮。

有人問起：施明德……

——二〇〇三年《幼獅文藝》

相距四十二年的兩本書，竟然是生命已然絕望的信實告解。前小說，後散文，我由衷敬服的文學老友，好久不見，卻溫慰在心底。

追憶逝水年華有何意義？只是徒然的哀傷，小說家前者，久未再豪筆；散文家後者是以青春生命的蒙難苦痛，靜謐的留下「白色恐怖」時代，那幽暗、無明的實例，見證戒嚴、獨裁、軍管，毫無公理、正義的台灣近代史。

常言：小說虛構猶如演劇迷幻，怎麼是在一九八〇年時報文學首獎得主，竟然是文壇從未見識前作的新人？那是深刻描寫「背叛理念」的小說，主角呼之欲出，向獨裁者輸誠，不由自主的多少汗顏愧疚吧？終究失格一生了。

一九八一年時報文學首獎，散文類得主亦然文壇陌生，手筆冷靜且純淨，無怨，無悔。

小說，比歷史真實。散文，我手寫我心。

紅與白（屠殺應對禁錮），光與影（人性之明暗），幾乎是一生，值得一讀再讀的永恆之書——黃凡小說：《賴索》，陳列散文：《殘骸書》，一九八〇、二〇二三，沒有距離。

41

軍隊逐戶搜索逼以利劍
驚醒嬰兒嚎哭，母親尖叫
油燈顫慄，灰牆亂影
野獸們呼喊：詩人何在？

奧德塞離開的子夜
羊皮紙遺落在未喝完的
酒瓶左側留下一串葡萄
渾圓若海倫皇后項鍊

愛琴海退到五公里外猶如歷史一走三千年
蓄意湮滅就言之：神話
一箭射穿勇士腳後跟

哲學家誓言趕走詩人
心虛「烏托邦」本就荒謬
初敗時拆船奉送一匹木馬
只有逃遁的詩人說出真話

孩童以銀鈴般笑聲重演屠城
從木馬腹部對外扮鬼臉
旅人在零散石塊間尋思
咦？奧德塞躲到哪裡去了

時間斑剝，風化後的廢墟
旅人找不到詩人羊皮紙
午後的光靜柔，像舞台散戲
再也沒有任何一場演出了

愛琴海怒吼那年諸神都裝睡

希臘只為奪回私奔的女人
藏匿木馬伺機而動如在母親子宮
三千年後被天真孩童嘲笑著

——〈特洛伊〉二〇〇八初作，二〇二三修訂

42

一個人，唯有在寫作之時，最為靜好的全然專志心情，彷彿孤獨是如此巨大，世俗現實的悲喜就借用文字堅定的築牆，阻隔其外；沉默是敬肅，不語是修行，文學：信仰的神。

前歡喜後悲傷的同一天，二〇二三年十一月十五日，第四十三屆吳三連文藝獎，散文：陳列。小說：賴香吟。音樂：曾道雄。攝影：謝三泰。除了賴香吟僅見過一面（二〇一二年台灣文學金典獎相與受獎）缺席的她人住德國，就請託醫生兄長代領獎，另外三位都是我熟悉多年的老朋友。參予盛會多麼快意，最早知音相惜，小說家王定國竟來了，我非常驚喜！

回家已晚，打開手機，赫然是——

寧貴十月二十八日上午走了，當天下午接送到板橋殯儀館，十一月十日上午告別式後送三峽火化，下午先到南港軍人公墓壁葬，以後再到法鼓山環保葬。

我，我，我……不敢相信，是真或假啊？

青春時代，參予的「陽光小集」同仁，詩人陳寧貴，何病辭世了？怎麼家人未事先告之噩訊，昔時兄弟般親炙的文友，可送他最後一程？不明白……錯愕且蒼茫的，傷慟憂然了。試圖暫且解鬱、靜悼，撥弄手機YouTube心想久遠前搭檔於子夜廣播節目主持人，決意參選立法委員的近況流程順否？竟也是回顧極不愉快的家事紛擾……（寫到此段歇筆）徒留長嘆。

悲喜交集的一天，人生啊，的確很辛苦。

43

一九八八年，台北淡水線停駛的最後一日，帶著兒女搭時間歸零的末班列車，從太原路底的後火車站直行二十二公里外的淡水終點。

朱天心小說借此作題，留下一個老人不馴於歲遲之前的自我祈許、屬於青春淡水少年的記憶之夢；朱天文更早前散文：《淡江記》詡實的敘述四年淡江大學外文系生涯……姊妹不忘淡水鎮那西班牙與荷蘭曾經歷史，猶若父親作家前輩西甯先生厚重的大河小說：《八二三注》，深刻、真切的魔幻寫實……。

同一年新學友書店期刊二十一期：《出版眼》，攝影、專訪的張蒼松將我放置於封面——但見青春、沉鬱青年右手抵額，他啊？究竟沉思何事？日式木建築的雙連車站，淡水最後一班列車，帶著同一代人，惆悵不捨小旅行。

期刊六頁，影文相隨。再也沒有前來的定時列車，家居附近的鐵軌即將拆除，彷彿傷逝辭別，少年到青年記憶——北淡線兩旁是繁茂綠樹，苦瓜爬藤盛密，廢棄的鐵道，哭泣嗎？

騎機車，幼稚園兒子手攀前儀表板，後座女兒（他姊姊大他三歲）行進間竟然睡著了？

不再淡水線列車，我還是決意，時而帶著幼樨的孩子，去淡水河口看海，莊重的凝視。彼時，機車前後端坐，爸爸騎著車，後照鏡忽而驚見，後座女兒垂首輕晃，睡著了？我嚇出冷汗了；害怕，如果失神的女兒，跌落路面該怎麼辦？

放慢前行速度，關渡大度路旁暫停，擁抱幼樨的兒女——爸爸好愛你們啊，淚難忍……。

44

深秋北台灣，微雨清冷；南台灣依然暖晴如夏。桃園來回左營的高鐵循序，不是放懷旅遊，而是一次次的嚴謹會談，非文學的辨證，恆是島鄉未來的前程祈許，老友參選的意向。

去程入座，第六車廂有咖啡、甜點供應，我習慣索取當日報紙，從溫潤的副刊開讀，恆是文學一生的良美初心；前版盡是政治，即將降臨的大選爭逐新聞，中頁從俄烏戰爭接續以色列屠殺巴勒斯坦的悲劇……後卷則是日常的娛樂、影劇、名品消費，一路翻看到終點。同行的民調權威游教授，總是溫儒笑容間不時的深思與微鬱，輕語反問：台灣今天怎麼如此紛擾、動亂？詛咒惡罵說謊汙衊……一再相互詆毀；側首窗外閃過的城鄉景色，茫惑著怔忡神情，他倦眼回眸苦笑。再來一杯咖啡吧！

……似近還遠的，一九九八年，在花蓮。追隨黨外前輩黃信介先生「元帥東征」之理念，今時的民調權威游教授（盈隆）返鄉角逐縣長席次，領頭帶隊遊街的是反對黨主席，被稱譽「台灣最後革命家」的：施明德。靦腆略顯生澀羞怯的候選人，敬謹於後，花蓮選民錯覺是黨主席參選？新潮流系的總幹事在會議中不免憂心直言：候選人缺乏「群眾魅力」？

很多年後，游盈隆教授時而扼腕此一遺憾記憶。再次參選是立法委員，自詡精神科名醫亦是現任立委之人，前退黨，後不甘，說不選，還是投身盼連任？分烈原可勝戰，兩敗俱傷；便宜了國民黨。台諺——家己刣，賺腹內。

美麗花蓮，游教授的記憶，蒼茫一首歌。

高鐵南來北往，今時歲老，他六八，我七十，不由慨嘆，我們能夠最後一戰嗎？大企業營造公司，富可敵國的董事長已然白髮如暮，要參選立法委員……自信凜言——拜登七十八歲可以當選美國總統，為什麼我不能？

——這時代日新月異，新一代、兩代年輕人誰會回顧，惦念一九八九年十一月二十二日，台北縣中和運動場，自美返鄉的「台獨聯盟主席」？我書寫的傳記：《菅芒離土》（前衛版一九九一年九月），藏書者俱老矣！這是個不必溯往、追憶歷史的陌生年代，連執政十六年之久的台灣本土政權，依循解嚴前國號，每呼「中華民國」……？「台灣」二字，疏離得不堪想像？傾美反中，事實虛幻；我，絕望。

自信，自然的台灣人啊，哀傷終究無言。

北郭董向中國，南郭董傾台灣，徒然乎？

45

我，寧願蒔花植草，南崁，我的新故鄉。

緣手指愛妻如是明晰，只有文學是殘破之心，救贖和遺忘。昔之熱炙、純淨的祈盼島鄉獨立自主的重建「台灣」國家，舉世皆認同，可能不可能？時聽羅大佑名曲：〈亞細亞的孤兒〉，如果文學前輩吳濁流先生地下有知，定然與我同般絕望……被天譴的島鄉，迷惑的人民，百年前唐山渡海而來的祖先，如有魂魄，想是哭音震天之悲慟！請教：未來是什麼？

告解自我，寧願蒔花植草，夢碎比死還要冰寒，無言以對；咖啡伴酒，子夜唱一首歌。

46

晚餐，煮水餃。滾燙七分鐘，沸火起鍋如元寶般圓熟，清香素樸之芬芳，挾沾越南魚醬油，本土辣椒切片，我的盛宴，餐後一杯酒。

妻出國商旅，交代住近的女兒，務必關照老爸日常餐飲；家裝室內電話（怕我一人忽而心肌梗塞，無人照應），其實我很安好，書房是護持生命力量，靜謐閱讀，比宗教還要虔誠的由衷信仰：文學，真與假，意在不言中。

醫言：老來肌縮，宜多肉食，運動重力訓練；感謝戲劇名家汪其楣大姊，擺手五下深蹲一下，她教我悠然放鬆，多散步，放懷不鬱。

南崁溪美麗，我時在竹夢橋中央練蹲起，蹲下吸氣，站起呼息，康健自持，別煩兒女。

品味水餃：高麗菜或韭菜夾碎肉。飽腹之外，想到美食必要，一個人晚餐想念遠行，自始關照我的愛妻，LINE 向異國，請她安心。

我想說：妳專注工作，我很好。不是尋常叮囑，真切的答詢：安心別掛意；我，很好。

47

睡中夢見
詩人臨終前
是否留下了遺言？

很多年前，繪文兼美的沈臨彬，在《時報周刊》擔任美術編輯；北投到萬華的車距有多遠？出刊前夜最忙碌，大理街時報大樓編輯部人聲喧譁，只有他最安靜，我看過他低首凝思雜誌版面的構成，偶抬頭，那抹微鬱的眼神。

微鬱眼神
深海般千潯
告訴我，你的夢呢？

夢見百年前，從北投划著獨木舟，載著番薯抵達古稱「艋舺」；今名萬華的河岸，以物換物的生活日常，凱達格蘭人的溫厚、美麗。他敬我一杯黑啤酒，北投復興崗是沈臨彬的藝術系養成所在，晚風習習，我們在學院旁的韓式燒肉店餐聚，同樣北投居，二十年前往事了。

大屯七星
山雲背後是大海
多久不曾歸返：澎湖？

一九八七年的畫幅最虔誠，台北新生報社附設畫廊：奔雨畫會聯展，我幸而收藏沈臨彬之畫，主題是「木馬屠城」，那奔馬裸身的男子不就是你的自畫像嗎？我心祈願——有那麼一天，此畫引做我未來之書的封面圖，壯麗無垠。

方壺漁夫
輪迴，你不相信泰瑪手記，絕美的荒蕪？

48

酒後微醺，卻異常清醒？心如此純淨，空白無塵的自我探問：這一生，我是怎樣的一個人？從前豪放多言，今時竟然沉默……至愛的母親走後，頓感無；愛恨情仇糾葛抑或是不知如何？夜深人未靜，依然，我在寫作。

49

詩集，昔時古典、雅緻的四十開本。有一年，雪與霧小亞細亞高原，伊斯蘭族人燒起篝火取暖，羊排烤得芳香，語言不通，滿腮的濃密黑鬍間笑意卻那般和善，還是倦然憂傷。

俄羅斯人越境，燒毀村莊，屠殺老幼婦孺，他們用坦克、隼型直升機；我們只能用薄弱的土製步槍，彎刀近身抵抗……。翻譯者解析。

JACK DANIELS 酒遞過來。雪夜暖身，他說，好奇的順手拿起我平放在盤腿間的商禽詩集《夢或者黎明》——外文系求學時，我也喜愛讀商禽的詩，命運淒寂的一直在逃亡……。帶我抵達這戰亂中原是不可能抵達之地，中學時來自香港的僑生摯友，微嘆說起，對杯互敬了。

幾年後深秋，國際通訊社同學，殉職在另一個內戰採訪中；此刻重讀商禽遺詩追念他。

50

三代人了。社區退休與我同老者、年華正好的科技、航空業精英、幼嬰孩童笑語……推車裡多的是心愛的貓與狗？南崁居生活實像。

過街超商買咖啡搭配早餐店培根薯泥生菜煎蛋三明治，待街角紅燈轉綠，悠緩慢行，胸前不忘掛門卡，社區大廳坐下，靜閱晨報；這是最閒適的美好時光，上樓日常澆水花草，而後打開電視，怎麼盡是車禍、殺人、爭執、詐騙、美食？不忍看的是以色列屠城加薩地。

遷居於此兩年半，竟然只相識一個人。對街老社區前主委，小我九歲，還在保險公司上班（彼此看見，那是錯覺），巷底晚餐，掛著紅燈籠的牛肉麵店，我誤認了，怎麼會如此酷似青春時親炙的老同學？問名竟不是，他卻反問：你啊，是從前電視政論那個人，對吧？不待分說，豪邁冰箱即取啤酒兩瓶喊道：敬你！

此後，誠如孫大川名言「久久酒一次」，一別十月再酒；秋晚寒，相約──薑母鴨。久居南崁二十七年，言以初置屋，社區四方是農田，窗外儘是綠野無邊，如今群樓圍城。再添米酒依然美味的薑母鴨宴後，這人醺然醉意，行路搖晃，扶著他就怕臨街急車來回意外；感謝你請客，我們去喝咖啡解酒。他略微口吃答以：九點半前要準時返家，為兒子洗澡（心愛的香檳犬），同住的女兒會責父親又喝酒。

純真有時，放浪有時；他名叫：劉淑明。

51

太平洋遙望小島，永遠是最美麗的靜好。夜未眠的朋友寄來宜蘭龜山島日出一刻，一分十二秒；海潮幽悠彷若晨起呵欠，紫與橙接壤的黎明時刻，夜眠依然的宜蘭人多少錯過幾次靜美的不朽景色？黃春明先生一定夢思鄉，小說外驚豔之詩，真情深雋的吟詠——

龜山島
每當蘭陽的孩子搭火車出外
當他從車窗望見你
他總是分不清空氣中的哀愁
到底是你的，或是
他的

龜山島
蘭陽的孩子在外鄉

多夢是他失眠的原因
他夢見濁水溪
他夢見颱風波蜜拉、貝絲
他夢見你，龜山島
外鄉的醫生教他數羊
一隻羊、兩隻羊、三隻羊
四隻濁水溪
五隻颱風
六隻龜山島

龜山島
每當蘭陽的孩子搭火車回來
當他從車窗望見你時
他總是分不清空氣中的喜悅
到底是你的，或是
他的

——〈龜山島〉1991．1．2 人間副刊

台北草山居的企業家詹先生則擅於攝影，予我一幀台東海岸遙看：綠島。十八海里外，昔名「火燒島」的哀傷之地，我直覺的憶及文學前輩——楊逵、柏楊、李敖、陳映真……一九九八年，我寫過一帖文字，題目就是：〈綠島像一隻船〉，伴隨革命家再訪的記憶；初次抵達是我，綠島卻是他的第二故鄉——

綠島，是很多人的故鄉；
綠島，也讓很多人失去故鄉……。

彷彿依稀，我想起這樣的兩段文字，
那是十多年前一本異議雜誌創刊號
封面裡，謝春德的相片，一條無人
的公路通向蒼茫之海，說明文字令
我驚心。綠島，是很多人的故鄉……

十多年後，我伴隨施明德先生踏上那片曾被目為流放之地的島嶼。

從富岡漁港到綠島的航程，太平洋深邃墨黑的潮水翻滾，午後微雨，雲層低垂而猙獰，施明德闔眼沉思，像是小寐，他內心正湧漫多少記憶的風雨浪潮？腳鐐手銬的押解航程，在潮溼、陰冷的運輸船底層，還正年輕的政治犯在想些什麼？革命的青春折損，茫茫未盡的囚禁或者死亡。……………………

「綠洲山莊」聽似幽雅寧靜，卻是解嚴前囚禁異議份子的國防部軍人監獄。施明德盼望已荒廢多年，曾經禁錮過他的地方能夠保存原貌，作為四、五十年來為台灣土地奮力的政治犯們留下給後代子孫永久的紀念。顯得些微激動的施明德，終於挪動佇立片刻的雙腳，走進「綠洲山莊」，走進幽深、黑暗的牢房，一坪大小，狹隘的室內曾經囚禁過多少自由、理想主義者身心，哭過漫漫長夜，或者哀傷死去，沒有人知道他們的名字……施明德是這樣勇敢活下來，見證那不公不義的年代，二十五年半兩次囚禁，他，沒有恨意。我深刻記得。他，慢慢走過操場，走向一扇巨大的綠色鐵門，推開之後，就是一片碧澄之海，他幽幽的回首過來……這樣的自由走出去，迎向廣闊太平洋，在囚禁歲月是不敢想像的。他要求不要人跟隨，自己獨自走到海與陸地之接壤，眺望台灣本島；他，是不是哭了？

52

擬摹：《山鬼》，那是徐悲鴻名畫，合宜唐詩七言四行意境，且以虔敬初心試筆之——

膚色似雪髮如煙
絳唇輕含一扶桑
巧騎魅獸黑夜來
夢若穿霧我是誰

孫多慈，美術教授，據說是畫家最珍愛之人，曾向學長謝里法請益，他，笑而不答。猶如逝友郭松棻深夜萬里之遙越洋通話告知——呂赫若曾交予其父郭雪湖一串鑰匙，所謂何來？永恆的世紀之謎，顏女士暮年寫就小說：《流》印刷完成，竟被家族後人沒收而去；松棻兄生前直在尋此善本不得，莫非也想書寫、解謎關於愛情的幽玄往事？憾之悔之，不是夢。

不是夢，不馴之我卻一再牽引。

我，用黑麥克筆，粗線條擬摹徐悲鴻。我是誰不重要；黑豹配巫女，擬摹山鬼之圖；反思那一串鑰匙，開啟何人家門？顏女士憾恨以終……真假不確定，小說，終究比歷史真實。十年前，我試圖擬摹徐悲鴻名畫《山鬼》，自信直筆，毫不猶預以單線條描去，亡鬼徐悲鴻是否會責我輕慢？孫多慈一定笑我不自量力。

黑色麥克筆致意，黑長髮白裸身美女，彷若巫教迷離幻境，生與死，寂或滅，敬佩谷崎潤三郎的書寫豪情，京都寂光院，我拜謁過。

未來，我逝，誰人收藏這幅擬摹之繪？

53

你，睡了嗎？最愛之人遠方問訊，耽溺書寫之我，未看手機，只好回言：抱歉。習慣倦眠前關機，請容我安然入睡，別有夢，那是糾纏的陌生，鬼魅般不知可否？人神鬼三合一的凌遲，異鄉夜，原鄉晨，妳是最美的麗人。

54

北京紫禁城，雅典娜希臘，巴黎鐵塔無意義，我耽美於莒哈絲名著：《情人》的少女情懷。是啊，初戀不忘，她是誰？藍色花一朵，名叫：勿忘我。純淨如詩少女年十七，芳香若深谷幽蘭，半世紀前，我以〈多雨的海岸〉作題，初戀？那是朦昧無知幻想吧，自以為是的臆念竟然未忘一生……愚痴地感覺是幸福。

55

修正液。誤筆修訂以白掩黑，彷似羞愧的隱藏不予人說的祕密；猶如私語悄聲，不確定的可能不可能完整文字架構。寫字者一筆一劃，修道院抄經的由衷虔誠。就連夢中深睡竟然鬼魅侵入，夢見勤寫不懈，錯字訂正，微顫之手緊握修正液，彷彿生命救贖，援救天使。為沉鬱自我唱一首歌，筆與紙呼應：你還在嗎？

力可白。立即掩黑成白，修行般不垢不惑，別問你是誰，大流星自許，小星宿婉約，清晰如對鏡相看、辨別；遠方吧？從前祈望行旅海角天涯，今時僅想讀寫於溪畔書房，安靜。

修正年少輕狂、放浪；可白去汙留淨的保存塵埃落定後的純粹美質，文學終究伴一生。

56

碧莉雅思之書，事實是寫給自我的祈許。

青春留情散文十四帖，我和自己對話。

讀者問起：是您追憶愛情的幻滅悼念嗎？

座談在誠品書店，那是多少年後的新書發表會，沉思片刻，我答讀者直言——翡冷翠但丁的貝德麗采，沈臨彬之浮蘭德，楊澤詩中的瑪麗安……文字美學的由衷尋求高度的抵達，虛幻卻很真實，無瑕的信仰比宗教還要虔誠。

陳景容、瘂弦。我讀學院時期，板橋大漢溪旁第一顆啟明星，亮是金星，暗是火星，前之老師以畫，後之老師用一本詩集完美一生。夜晚的舞蹈教室，她翩然起舞，美若蛺蝶；南方軍旅疲倦的我，儀式般傾慕，她終究離去。

寧可是單純的一幅畫、一首詩，少年愚痴的茫然，這是愛嗎？自詢之我，終究書寫下：碧莉雅思之書。景容師從東京武藏野美術大學回來，瘂弦師在威斯康辛大學研習，他們回望我的盲點，指導與溫暖，我昂望兩位大師。

政治相對藝術絕美……恨俄國卻親炙學習？我不懂此一矛盾的道理……

畫冊應對詩集，半百之後，真切摯愛、自然成為妻子名之Dephne · T達芬妮如此美麗，月桂女神，海神之女，獻給她詩之初集：爾雅版《旅人與戀人》婚緣永恆。

57

厭惡夢，怎麼夢如此陌生？拒絕和抵抗，腳抽筋，痛得不知所以……如果真有「上帝」何以先創造後毀滅的：《聖經》自我矛盾的輕慢遊戲，抄錄瘂弦師不朽詩句，對仗迷惑——

溫柔之必要
肯定之必要
一點點酒和木樨花之必要
正正經經看一名女子走過之必要
君非海明威此一起碼認識之必要

——〈如歌的行板〉一九六四年四月

他寫這首詩時，我才十一歲，彷彿等待。

原子彈投在日本廣島、長崎，我還未誕生，幽靈般漂浮前世，我是怎樣一個人？前世，惡毒與良善交織的糾葛、矛盾。辭世之前，留下遺言說了什麼？夢中思索再三，厭惡夢，夢又詭譎侵入，如若握有手中刀，定然殺盡淨。

58

藝術品收藏家端重問我：創作風格定義如何識見？微笑不語，這是我的回答。股票上市公司的巨富總裁顯然激動、焦慮幾分，隔著酒桌突而站立起來，滿臉通紅，躁言——來吧！帶您看我的收藏品。悠然隨後進入另一密室，堆疊滿溢的雕塑、油畫、水墨、攝影、陶瓷……都是名家創作哦。他傲氣自豪的回眸向我。

——為什麼沒有書房？你，讀文學嗎？
——這……這……那是大學時代的浪漫吧？
前是我問，後是他答；往後我寫下詩——

要我送一本書
表明記得要簽名
問題是他不讀書
不讀文學出身杜鵑花城
上市公司巨富的主人

笑說就交換酒和美食
剛換了頂級車賓利
還是回去打高爾夫吧酒和美食我自己喫
就是：不送書

童年，台北大稻埕小學六年最親炙的玩伴。三十年後要祕書透過報社找到我，不因為我是作家，他讀我書盼重逢，而是每夜在電視政論節目看見我——啊，伊是阮太平國校的老同學。相約香格里拉旅店十七樓歡會，我赴約。

……懷念醫師世家之子的他，放學後相攜去延平北路第一劇場看日本片戲尾（那時世情好親切，戲院會在散場前十分鐘開後門，讓剛放學的小學生入場看電影結局），他被鄰班同學霸凌放聲大哭，我替他報仇，怒斥那傢伙。

童伴到高中自始未離，初中他第一志願上大同，我唸成淵；高中他入建中，我是聯考殿後市郊學校，直到他進台大，我們竟疏遠了。

各自有各自相異人生吧，重逢時彷彿初識；留美電機博士與在媒體討生活的文學人，事實沒有知音交心容深談，陌生還是陌生了。

59

日滴眼液，夜點眼液，循時，眸更清晰。

三個月回診一次，台北榮總眼科醫師，詩人：陳克華。恆是再三叮嚀，看診後，不經意的簽書持贈，溫慰的健康護持，感動帶回家。

南崁家居對街，每小時一班的客運上車，半小時後下國道，重慶北路左轉庫倫街，下車緩行抵圓山捷運站，北淡線在石牌站，散步去榮總，上七樓眼科，永遠是擠滿了求診人眾。

眸更清晰？看得太清楚，是愉悅還是沉悶？大哉問，有人這樣疑惑，是心理非生理的反思。如果求診詩人醫師，陳克華會以專業婉拒回答——請你去問身心科醫師。抑或笑說——請去書店買我的詩集吧，答案俱在文字中。

倦眼回眸，讀詩是祈求烏托邦之理想，擱下詩集，面對現實，扭曲的原鄉叫：特洛伊。

健康就好，特洛伊三千年前早被屠城了。

評論家學者深切分析我的第二本短篇小說《革命家的夜間生活》坦言提示——政治受難者的自述，如〈博物館的鬼魂〉中霧社事件的遺族、〈霧河〉與〈荷蘭邊境〉裡白色恐怖的受刑人，這些在政黨輪替前慣用來激勵民心的控訴，今日讀來，已流失悲情況味。猶如魯迅筆下的祥林嫂，一再重覆哭訴自身不幸的遭遇，反倒讓鄉民由同情轉為厭煩。堪為鏡鑑。

何以我不能以內在的糾葛與掙扎，呈現反對者心中的自我情緒？一定要莊嚴、慎重的表白對政治、革命的「偉大」情懷？昔時歷史難道不能留予新一代讀者回顧從前？我不同意評論，但我尊重；曾經親炙行過的「黨外」時代，我的悲歡，我的反思與告解，由衷之虔誠。

習於散文形式，涉筆小說，相異卻與同的文字流程，重要的是美學唯上的如何表白信實之必要，寫下小說，留下歷史，我的允諾。

夜間生活？借杯酒，台灣古名叫：埋冤。

移民？遺民？永遠隱匿的自卑質性嗎？我不同意，本就是堂正的台灣人，自然且自在。

61

半世紀前的一本漫畫書，日本手塚治虫異色的名著：《人間昆蟲記》。昔時旅行從北海道帶回，而後是時報版中譯本，一九七三年作者後記如此凜冽寫著如此深刻的感觸——

所有登場的人物皆以昆蟲來命名

……昆蟲的世界其實就是人類社會的縮影，這是多麼真切的諷刺。

這是我一再重讀之書，手塚治虫不獨僅是舉世推崇的漫畫宗師，卓絕繪藝其間是文學與哲學的經典反思，索引人類歷史的生死幻夢，揭露外表高潔，內在汙穢的虛矯，猶若流傳千年的不朽之書：《聖經》，光影迷離的詭譎。直覺的想到卡夫卡超現實小說〈變形記〉，一睡醒來，人竟成蟲，是天譴還是毀滅？

半世紀後，巧合呼應李昂小說《香爐》、宮部美幸《摹仿犯》，人性如蟲的似假還真。

62

如果我是鳥
祈盼遠天高飛
如果我是魚
但願深海沉潛
如果是雲
夜暗掩映月光
如果我是夢
就別讓我睡醒
如果紅塵多色
寧願全然透明

看不見我，見不到你
彼此都是陌生人
只想依傍花樹　或者

一灣清淺河流
如鏡臨影的安靜
斂羽的鳥不再飛
沉潛的魚穿水浮現
彼此相約不在人間
戰爭很遙遠了……
死去的孩子都是天使

太陽神太蠻橫海神女兒閃躲
蛻化為月桂樹淚滴成河，靜靜的
靜靜的闔眼睡去
在我永恆不忘的夢裡
祈望的愛，如此純淨
就連黑洞都難以吞噬
我是護持永夜的星辰
溫柔映照，以妳命名

63

黑面琵鷺。台南海岸魚塭壯闊的季節鳥翩然降臨，那是古稱「台江內海」最美麗的風景；旅法鋼琴家陳郁秀寄來貼上郵票的明信片，言之邀請文字或圖繪回函，主旨是：《給台南的情書》，已故老友盧修一教授創建的「白鷺鷥文化基金會」與國家台灣文學館合辦的未來展出，府城古都即將呈現的文化人四百張明信片，猶若備辦一次盛宴，組曲演奏多彩多姿。

顯然是特製的二十五開尺寸的厚實紙卡明信片，拿起黑色鋼珠筆自然自在的寫下——

黑面鳥給：台南諍言，請別讓
「風電」毀壞海岸漁塭……可不可以？
古都府城多麼美麗，一六六二年國姓
爺渡海驅逐荷蘭人，先祖來到台員地；
華路藍縷建家園，歷史如何開啟？
漢人移民，勿忘：西拉雅族的最初。

文字外，漫畫附圖：黑面琵鷺的旅程、赤崁城鄭成功的憂鬱……。靜思，借問新一代的台灣子民，幾人會回溯島鄉四百年歷史？還用筆莊重寫字嗎？回想逝友盧修一教授銀髮微笑中隱含的些許沉悶，昔時他所堅執與我傾談的虔誠祈盼，今時盡是貪腐與背德，唉，夢碎了。

64

琉球群島最西方的與那國島。

她隨身攜帶的墨鏡，終究派不上用場。有一種懷抱著深切期待卻因而落空的惆悵之感。佇立於那塊鐫刻著「日本國最西端之地」的白色岩石紀念碑前，視野向海，卻灰濛陰霾，潮間隱約略帶溼冷的雨沫。她多少有些輕微的失望與惱怒：

「呵，汝靜。不應該是這樣的呀！」

回首，石田汝靜氣喘吁吁地從身後那陡峭的坡道跟了上來，一臉茫然、不解的神色：

「Bomi，怎麼回事？沮喪的表情？啊？」

她雙手撫挲著紀念碑，內心彷如崖下那洶湧、拍擊著兀岩的浪花，嘴裡喃喃自語道：

「不是這樣的……」

一隻手掌溫柔地觸及她激動起伏的肩膀：

「Bomi，來了就好了。別因為天氣影響到原本愉悅的心情，好嗎？」

她沉靜半刻，回首嫣然一笑，臉頰微泛紅，多少為了方才的失態而感到羞赧。

「日本國最西端之地。」汝靜照著紀念碑上的刻文唸了一次。

「日本國最西端之地，天氣卻讓我們看不見一百二十五公里之遙的台灣。」她埋怨著。

「有什麼關係？只要來到就有意義了。」反而是汝靜笑咪咪地勸慰著她，那雙藍眼睛直視著她眼中相彷的顏色。

兩個女子很長的一段時間，靜靜地遙望欲雨的茫茫遠海，沒有對話……近處一片狹長的金黃色沙灘，有一頭牛緩慢地走過，一群海鳥鼓動著伶俐如刀的羽翼，「嘎——」輕盈地飛過她們眼前。

海，無邊無涯的蒼蒼然，深藍近墨。

她還是不死心地充滿著期盼，希望下一刻鐘，雨雲會逐漸由濃轉淡，慢慢地散開，海上的煙嵐會像舞台上拉開的布幔，往兩邊收攏……陽光燦爛而出，深切期盼的故鄉島影能夠呈露於前……什麼時候，帶父母來琉球旅行一次？讓一生勞苦的雙親如同此時，站在這與那國島的「日本國最西端之地」，眺看晴朗天氣下，相隔一百二十五公里的故鄉台灣？也許，在雙親衰微、老去的眼底，可以發現一絲閃亮而起的些許驚喜呢？

——印刻版小說《藍眼睛》二〇〇三

應邀在二〇二三年秋：「鍾肇政文學獎」擔任新詩頒獎人之我，意外的拜讀報導文學首獎：〈被日本遺忘卻記得台灣的小島——與那國島〉，作者：班與唐。驚喜於新一代好筆親臨斯地且深諳歷史時段的追溯，憶及二十年前自己試寫的第二部長篇小說，巧合的信實。

65

飢餓？時去推拿的南崁夜市藥房閉門後，走廊啟鍋的炒羊肉營業到翌日凌晨三點。讀與寫暫歇，車緩行療饑去；穿過溪橋，偶有月光映水色，不知今夕是何年的靜謐之心，這樣很好。白飯配羊肉消夜，回家寫一首詩如何？

想到：池波正太郎美食後伴酒書寫的豪情動筆武士小說，東京不眠夜想必更美麗，不哀愁，無論是書房外是月色遍照或雨霧濛茫，專注文思回返江戶時代的最後武士對決、新選組御用殺手的夜襲，凜冽似雪之白，如此純淨。

回想從前，未眠夜梟的我，讀寫歇筆片刻，時而臆測太平洋彼岸北美洲大陸應是晨午，撥了越洋電話請安敬仰的文學前輩——紐約郭松棻，溫哥華瘂弦。不敢請益文學，純粹是日常敘談，他們問我：台灣近況，遙念鄉愁吧？

今時，一遠逝一高齡，都是經典文學人。

追隨晚輩之我，敬讀二位經典，好溫暖啊的容顏存在留情影照，文學啟蒙，我不飢餓。

66

我們這一代慣於尋索文學前輩之書，下一代再下下一代人，是否亦然？遙想昔如兄弟新創出版社，誠邀出書四冊（小說二、散文二），憾於彼此誤解，一別十七年已是陌生人……未曾以存證信函止約，歸還作者版權，實是留情善念，我還在創作新意，倦眼回眸不言中。

一生熱愛編輯正職，副業寫作之我明澈自知本身原就是「不暢銷書」作者，還是感謝今成陌路的昔友，不嫌棄地接納我的著作出版。

十七年一別，我們皆歲月晚秋近冬了。怎麼時而記憶浮影，青春正好的詩社同仁，酒歌哭笑的理想，美與愛的子夜辯證，相擁互勉文學更精進的未來祈望，現實終究，非常殘忍。

借問：新一代讀者，是否會尋索我們這一代作者的往昔之書？網路是主流，不讀也罷。

似曾相識？二、三十年前，彷彿依稀，生於鹿港，成年後定居台北都城的畫家，曾經邀我相伴返回他的原鄉；記憶往往是誤認或跳躍，今時面見此一銀髮木刻名家，頓時，忘卻久矣的印象一下子清晰起來，重逢非初識。

多少年不曾重遊鹿港了？這位於中台灣，百年來名諺：「一府二鹿三艋舺」一府是古城台南，艋舺是北島台北，二鹿臨海有港岸。久未再訪，鹿港卻時在念中；只因此地是我知心老友小說家——李昂、王定國的原鄉，特別感到親切。冬寒拜見施鎮洋先生，提及畫家摯友郭振昌，鎮洋木雕藝師眸光閃亮，笑意歡喜。

……………………

一見如故。木雕家李秉圭那沉定、溫柔的眼神，流露出人間因緣本如常的自在；毛線帽耳邊微散的灰白髮色，笑意幾分靦腆，不因來訪者初逢而顯生分訕然，親和力予人好印象。

李秉圭藝冊《工夫》自序，如此雋實寫道——從正式拿起鑿刀的那一天起，到如今，已過五十多個年；對於木雕的耳濡目染，早在拿起鑿刀之前，就已流入骨肉血肉裡……

工夫人藝師的自白文筆如此之好，想是木雕之外，也曾是喜愛文學的青春追夢人；我問起其父松林先生陳列於工作室的畫像執筆者，是否就是三峽祖師廟重修引領人？令尊木雕作品亦在其中應然，我心中深諳一個名字，待秉圭兄解謎，果然正是：李梅樹教授。

他說——那時方滿十歲吧？梅樹教授來鹿港探訪父親，聊到深夜，索性就留宿此；有一次還帶了林玉山、顏水龍、李石樵……歡聚笑談，日語、台語交錯，鬧熱滾滾。

68

咖啡與茶浸泡的等待時間。遙想起高中求學最感無奈的本應是週六、日休假，母親卻嚴肅命定必得追隨去西門町電影街，她開設的咖啡冰果店，指令我學習沖洗杯盤——要細心。

精緻的咖啡杯，不許任水龍頭激水沖洗，細水如靜流，手要輕柔，猶如待人的尊重。

母親凜然一再叮囑，我凝聽，似知未懂。

輕柔，待人尊重……成長後，是否做到？是否符合母親初時的教養祈望，至今幽然反思，我是不合格的失敗之人吧？任性、不馴、暴躁、沉鬱……破缺與迷惑，幸而文學來懺情。

請教諳茶的詩人品茗意義為何？答之：安神淨心。咖啡該問誰？似乎熟稔營生的母親得能解析，青春洗杯，多少見識，西方是哲思，東方是美；時而前品茶後咖啡，拂曉前陽台靜對西沉明月。遙敬雙杯，我清醒，不捨睡。

69

二〇二三年十二月：《文訊》四五八期，拜讀張瑞芬評論郝譽翔有鹿版新書《城北舊事》；但見評論人與小說家皆是文學豪筆，北投溫泉鄉曾經設籍、借居數年的我，分外地感同身受。

郝譽翔入台大竟然初為政治系，恰逢「野百合學生運動」，敏銳卻不激進，靜觀聆聽之後清晰動見、反思，明暗光影，詭譎變幻……毅然轉系文學，此後以小說異質映影虛與實的人性解謎……〈巫與巫言〉張瑞芬如是命題。

北投？古時凱達格蘭族以「巫」定義。

溫泉，休火山以水印證未來的爆烈預言？

感謝，母親慷慨送我一間十樓溫泉小套房；臨窗一望，夜逢星月，日仰七星、大屯山脈，靜思書桌前，稿紙蒙塵，竟而寫不出一行字？泡浸溫泉舒坦，咖啡和酒，我在幹什麼呀？

很多年後，台北市府的觀傳局竟然指定郝譽翔和我，作為：《台北畫刊》代言人，以文學對談：「我們的北投溫泉記憶」，彷彿兄妹般合影於新北投公園中的博物館，小妹是真正的北投少女，大哥是暫厝在此卻疏於書寫，反倒如同昔時未禁制的「陪浴女子」，每晚「應召」於各家電視台政論節目的評論員角色。倦返北投，浴室臨鏡卸去粉彩，陌生不識自我最初容顏……我，是誰啊？妄語討生活之人抑或是深諳政客群落的虛矯，我不得已的評言？

小妹如她文學壯懷，大哥心虛的不知所云；終於，我苦笑的唱一首歌來詮釋實是陌生彷彿，熟稔依稀的北投，〈漂浪之女〉——

白色的煙霧　陣陣浮上天
美麗天星閃閃熠　百花含情帶意
初戀恩愛情意　因何來分離
吉他彈出哀愁　溫泉鄉歌詩

命運的安排　鴛鴦分東西
海角天涯訴悲哀　日夜望伊回來
殘忍愛神阻礙　情海起風颱

吉他伴阮流出　純情的目屎

純情的情絲　已經斷了離
淒涼冬風冷唏唏　孤單誰人掛意
山盟海誓情意　因何也分離
吉他彈出哀愁　溫泉鄉歌詩

——曲：文夏。詞：吳影

拜讀了郝譽翔新散文集後，容我回憶二十多年前的北投歲月，似乎只留下一帖：〈北投夜未眠〉拙文，收入聯文版二〇二〇年：《墨水隱身》書裡，中頁抄錄了〈漂浪之女〉歌詞，揣想有心讀者閱而引詞隨口唱吟；是啊，那是北投的夢幻溫泉的巫言對談，張瑞芬評書真切！

70

梅杜莎。美麗的希臘神話女子，卻被形之：蛇髮女妖？三千年前文學初萌，吟唱詩人一定是位渴求愛卻被拒絕的失敗男子，盼愛不得遂醜化某一絕美女子……怒彈琴弦，殘忍的以蛇蠍之毒負面反襯難以撫觸那如風飄起似浪潮的香郁長髮；蠱惑藝術，賦予詛咒的型塑。

蛇髮女妖？不容正眼對看，望之成石。

千年再千年又千年，近代歐洲時尚，知名品牌遂以梅杜莎作為標誌；女性主義者猶若反抗男權沙文，穿戴於身，我是梅杜莎魔界轉身，妖是豔，蛇是異質美，得不到愛，自以為是的無用、庸俗男人，去死吧！美人毫不容情。

初秋，加拿大溫哥華以冰酒馳名的酒莊，一進門就見梅杜莎白瓷雕像，慧心的主人是台大歷史系出身的端美之女，滿園豐實的種植葡萄，笑而不語，開酒迎客，我且品之，好喝。臆想如身置希臘三千年前，巧遇梅杜莎，如果我是吟唱詩人，未酒先醉於絕色，化石不悔。

冰酒，唇寒心暖，親愛的，敬妳一杯吧彼此相約，也許三千年前我就殷勤等待，三千年後，依然相諾如酒之守候，不被謠言魅惑。
微醺夢中之夢，我不寫字，遙念梅杜莎。

71

今天上午這隻鳥誤撞我家玻璃窗
致死。我很難過牠因人們的建築物而
喪失飛翔的空間，相信牠都不知道為
什麼牠這樣死亡，特留遺容誌念。

——蘇國慶〈一隻鳥之死〉

這並非一則散文的摘句，卻是畫家在臨場的水彩作品上以略顯急促地鉛筆留下激動、沮喪的表白；那般直覺而深切的悔憾和感傷的情緒，毫不遮掩地呈露在極寫實的一隻鳥屍的描繪中，彷佛大悲咒的墓誌銘。我翻閱著畫家完成於一九九三到九四年間，匯集八十二幅以「風景」為主題的畫冊：《蘇國慶的水彩日記》意外發現，此一絕無僅有的驚兀取裁。

這畫家毋寧是個非常不合時宜之人，以之那般真切、嫻熟的精湛技巧，應該足以貼近、迎合甚至討好於世俗畫商及收藏者。誰知此人顯然是異類，逆向而行，寧可孤寂不附繁華……曾經在現實裡掌舵時尚廣告、印刷事業，卻悲涼自喻僅是為了「養家活口」。其實畫家的內在思索是相當文學的，試讀他的隨筆：

日記是一種絕對自我對話——最代表個人特色真實的私密性語錄，一向都不在乎外在的反應和觀感，很有拒絕交流溝通的潛在反社會性。人和人與社會的相處中總有隔閡，存在著距離與誤解，而為了說明解釋又常常過分逾越、虛假粉飾而變得面目全非，令人困惑非常而不得不冷淡以對。

如此坦直、明澈地剖心映照人性在現實生命之間的冷酷與決絕；畫家有著異於尋常的反思和自省，於是他在現實與理想間自然必須面對一種天譴的宿命。日記竟以顏彩訴說每一時刻的情境，幽柔猶若川端康成，激越彷彿卡夫卡；如果他寧捨繪畫轉涉文學，相信必定會是個秀異的詩人……縱觀近作，以潮間帶及漂流木作題的水彩連作，意味著生命追逐時間的撕扯與堅執；這是一次天問，生之潮間帶對比死的漂流木，無非是勇健的藝事工程，如此雄壯又如此決絕！亦見畫家不免感慨的回憶——

二〇〇七年六月中旬檢知罹患淋巴癌，緊急施行手術，並自九月起長達兩年的化療，生死瞬間恍若重生。

生死瞬間恍若重生……畫如日記般地逐時思索著無常的生命之輕，靈魂之苦；何是永恆？何是剎那？紫的邊陲、藍的哀傷、黃的沉寂、紅的血意、綠的蒼茫……蘇國慶以畫告解。

72

預言？我害怕這兩個字。回想昔時以「預言」非惡念的詛咒，實是憂杞的提醒，結果是惡夢成真的哀鬱……烏鴉盡諍言，喜鵲善虛華；今時的島鄉台灣，就怕複製三千年前特洛伊的不幸。文學求至美，祈禱下一代幸福安好。

從前每夜螢幕以言評論，而後引退猶如隱匿回鄉，閉門謝客的放逐者，讀書、寫作，依然未忘關懷島鄉未來的凜冽索引，所為何來？

自問：這是天譴或是與生俱來的悲憫？

特洛伊。歷史存在？神話虛構？悲劇排演？美麗與哀愁，殘忍和虛無，最後的廢墟……島鄉表面浮華，內在矇昧漂流，無措的蒼茫。

三千年前，愛琴海對岸的希臘戰船入侵，理由是絕美的王后海倫私奔，貪慾狂戀的特洛伊城邦王子逆風迎海，潮浪似血，危機潛伏，他們詭稱退敗，事實以船板構建巨大木馬靜佇海岸，內藏死士數十，待自以為是陸地勝戰、驕傲的特洛伊人醉酒狂歡，終至屠城。

三千年後，夜未眠幾達一生的文學人貞定寫下虔誠諍言，呼喚切勿淪落像「特洛伊」的滅絕印證，福與禍都在不確定的島鄉夢中。

再詢：幾人靜心凝神翻閱紙本文學書？究竟誰人發明「手機」？如果真有耶和華（上帝？）譴責的撒旦魔鬼，不就是自疑神（？）明心智的大天使一再反思後，淚別上帝的魔幻，誠實回歸人性的貪婪與惡質，那是真正絕望！

絕望？不再相信神諭，背叛？只是真誠。

我是真誠
你是虛偽
一而再，再而三
辯證再辯證……
最後拔刀見血
殷紅正是文學的懺悔

73

夜深了，你睡了嗎？如果你買這本書，靜心閱讀，應該知道作者真摯交心。我，不虛偽，歇筆沒字時，唱歌吧，舉杯，遙敬酒或咖啡（睡不著的提醒？）夢不美，如魔似魅，推拒卻更接近……暗猙獰，明慈悲，人生多糾結。

單純一個人多好？彷彿此時此刻以筆就紙，心最純淨。倦而入睡，夢卻進來了，陌生不想解析，忘記最好，但是……何以若隱若現的竟是初戀情人？五十年後，白髮、皺紋，她問你，怎麼昔時要分開？晚熟之我，心很明白。

74

望向柴山，高雄落霞紅日正美。立委候選人銀髮傾斜，六八齡的建築師已是財帛豐盈的營建公司實業家，何以不忘初衷的投入拂曉前五時必須起床，赴早市場拜票握每一隻溼濡如朝露，冷與熱互見的勞動之手？拜託啦，我是：苓雅、鼓山、新興、前金、鹽埕五區的立委候選人，喜樂島聯盟主席，非藍亦非綠。

三十年前，同樣場景，拿著麥克風，為這堅信彼此珍愛的島鄉，一定能重返聯合國，堂而皇之猶若永恆的愛戀和允諾；三十年後，青春至晚秋，複刻般地再次輪迴，你我都老了。

島鄉？新一代人都陌生了，他們不必回顧從前，歷史何以？是神話或是傳說都不在意。助講之我，已然拙語，就唱一首歌吧——

叫著我，叫著我
黃昏的故鄉不時一直叫著我
叫我一個苦命的身軀

流浪个人無厝的孤鳥
孤單哪來到異鄉
不時也會念家鄉
今夜猶是夢到伊
哦……親像在叫我耶……

——詞：文夏。曲：日本

是的，傍晚我下高鐵，回眸港都黃昏日落，紅澄澄蛋黃般的景緻，回想北島冬寒冷雨；望向柴山，高雄落霞紅日正美，我哀愁隱約。

75

香港，嗜遍世界的美食專欄作家：劉健威來台，先與舒國治、蔡珠兒歡聚，後來南崁猶若我們家戶外廚房的「麗月料亭」晚宴；初識早在二〇〇八年敦煌旅次和作家也斯同行，而後赴港拜訪，健威兄的私房餐館如豪筆同般精彩！多年後再約李昂、東京、京都同嗜美食。

美食於唇反不論，請教的話題反倒是香港在一九九七回收於中國成為「特區」的狀況。無關政治，我問文學，祈盼多年未往的香港，想拜見的前輩散文家：董橋先生。我傾往先生儒雅美質的讀寫文字，收藏世紀前西方初版書，時間百年無距離，董橋藏書如藝術欣賞，識者大智慧，溫潤豪筆書寫，香港真文士。

如我等同認知，評政治依然文字似詩。

董橋。祈盼與他對坐，靜默敬他一杯酒。

76

竟然不忍問起，掃地圓盤機器——你，掃地，累了嗎？手機自拍，合應是老先生之我手持掃帚與之合影，自嘲堅執抗拒科技的自己。

——充電完成，開始掃地。它說。

我，不知所措，搬椅移小桌，只能呆滯。

圓盤機器滑走，進書房，舊籍默無言。

你，掃地，累了嗎？我是對貓與狗說話嗎？……啾然輕響，奮力工作，它明白我心嗎？

手持掃把的老先生是我，凝凍成為冰山。

77

妳追隨著長期憂鬱症的男人抵達此地，凜冽、灰藍之海，靜靜環繞的威尼斯。

搭乘的華航Ａ三四〇客機過境子夜的阿布達比，瘦削男人遊魂般晃蕩了一回免稅商店，沒有尋常旅行者慣有的驚喜、好奇反應；索然的坐回登機門外的排椅，抽著菸，好像和自己生悶氣。十二月冬冷的荒漠，濛著沙塵暴。

妳來找尋喬凡尼貝里尼如靜物油彩般的人物畫像以及畫出「維納斯誕生」名作的提香，反而在佛羅倫斯烏飛茲美術館參觀到的達文西畫作引不起妳太多的驚喜，男人問為什麼？

妳在小紙片上寫著：

「達文西的筆觸太沉穩理性，喬凡尼純淨裡有流動的激情。」

「那麼，妳喜愛的男人，妳希望他像達文西還是喬凡尼？」男人語帶深意的揣測妳。

「你想做喬凡尼還是達文西？」妳遞回另一張小紙片，慧黠反問……。

據說，威尼斯每年以二十五公分速度下，歷史追隨著昔日建城時打下的七十多萬支柱子，潮汐、剝蝕、腐朽……幾世代以來，以航海經商著名的威尼斯人，從域外幣回的奇石珍寶，璀燦著聖馬可大教堂的牆坦、岩柱，屋脊上躍著戰馬，廣場前佇立著張翅欲飛的獅子，怕是年後重返，貢多拉小船就直接划入聖壇，猶如發生在一六三〇年的黑死病入侵，所有的屍體集中焚燒，美麗若弦月的小船漆成黑色。馬可波羅從此地，前往中國。

袖珍的玻璃馬，晶瑩剔透閒泛著琥珀色澤，一雙小翅膀，裝在天鵝絨布墊上，像一枚訂情戒，妳愛死男人所送的威尼斯紀念物。男人替自己選了一個燭杯，裝半杯水可浮香精臘燭，難得見他笑得那般開心，無邪如孩童：

「不點蠟燭，可當威士忌酒杯用呢。」

「要告別了，是妳的威尼斯哦。」男人感動的輕擁著妳，連聲音都微微顫抖著。

妳用最後一張的小紙片，認真地回應：

「是我們的威尼斯……。」

——〈妳的威尼斯〉二〇〇四

博客來網路書店二〇〇七年十月以「嗜小說」為題系列印行的第一本短篇小說集。銷路不佳，我慚愧；作為書名的：《妳的威尼斯》是紀念與戀人在千禧年錯身而過，孤寂旅行意大利淒美的記憶，回來後，決定結緣為夫妻。

78

尋蟹旅次，穿越狹長的日本島國中部，右是太平洋，左是日本海；二月冬末，蟹正肥。依循老友：詹宏志先前行過路程，新幹線一段是少，多的竟然是地方電車的邊緣鐵道。喘氣用力拖著行李，這月台上樓，下樓到另一處月台，也是意外逸趣；等車時抽一根菸，短時，稍長時，可以安然喫一碗熱香的拉麵。

急駛的電車外，野地茫白雪，靜得寂岑，望以淨心，只思索唇舌——今晚，何蟹享用？辛苦了帶領我們四人的 R 先生，曾是京都旅遊局人員，極有歷史感的台灣年輕留學生，他恣意融入這扶桑之國，實是要真知日本民性如何？新幹線快，地方車緩，從不耽誤我們的焦慮，如魚得水，像一首俳句，簡捷但真切的賞心悠閒地仰山看海，他帶過詹宏志、李昂，好！

此行循序，有幸與平路相約，伴侶四人。首途京都晴鴨樓夜宿，次日新幹線橫越國境到金澤，重遊「兼六園」，冬寒喜見松、苔、梅、茶花，流水靜美；向晚是魯山人名宿「滔滔庵」每人一隻海蟹，飽食豐美，餐前泡溫泉。翌日再返京都車站午餐，轉電車往城崎町旅館「西村屋」，大氣且古典，晚餐前散步，石橋、溪流極美——下雪了！庭園白茫茫。
暖眠朝起，丹後電車去天橋立，第三次重訪格外親切，沿著日本海，抵達伊根漁村。小漁船就在住家後院，天寒，又逢大雪……傳奇如夢幻所求的「間人蟹」晚餐在旅店「昭戀旅館」；我與平路鷲豔瓷器茶壺造型如魚絕美，美食之後，欣悅購藏，作為尋蟹旅次好紀念。

79

美國，究竟將台灣視為何物？太平洋西岸最挺近共產中國的第一島鏈前線軍事防衛所在？島鄉猶若卑微小妾般的殖民地……是否吾土吾民請求——就讓吾們忝作帝國霸權五十一州如何？豐饒的島鄉竟然還是：亞細亞的孤兒？

可悲可憐可恨的台灣歷屆「總統」？買一架早已形若古董的F十六戰機，竟然比新加坡、日本、南朝鮮購得最新性能的F三五新戰機還要昂貴？親愛的母親啊，這是什麼道理？

不想文學寫政治，政治恆是壓迫文學，但是憂國憂民之我，還是沉鬱思及，天譴啊！四年一次大選，遊戲般丑角爭逐；我，不投票。

80

啟蒙文學於我的詩人
老來少言且沉寂
對酌一杯酒問我為什麼？
老師……只能默言回敬了
敦化南路夜雨臨窗
我們所愛的島鄉陌生幾許
老師，您還寫詩嗎？
遙念山風海雨……
花蓮啊是永恆惦記
您自嘲新一代人看手機
我敬答自己依然紙筆
那是對文學由衷敬意
沉默，低頭非妥協
不馴頑強是我們的真理

81

機窗外的雲層，已逐漸呈露灰暗，巨大的機翼尾端，紅色燈號顯得格外明亮。

機長低沉的嗓音透過播音系統傳遞過來，他說，航機正沿著日本右側海岸飛行，高度三萬六千呎，即將從東京附近轉彎直飛北美。

這架西北航空波音七四七班機從台灣直飛北美據說只要十一個小時；不到三分之一的載客量，使得我可以獨占靠窗的座位，將扶手板到與椅背平行，容我可以舒服躺臥。

靜靜的躺臥，驀然，我想起午間出發之前在桃園機場撥電話回報社向發行人及社長辭行及請示……祕書陳小姐說：自立晚報百萬小說獎得主凌煙剛抵達報社，發行人正忙著接待。

我想起以《失聲畫眉》獲得百萬小說獎的凌煙，歷經多年的甄選過程，多少文學好手的風雲逐鹿，這位原是默默創作的南方女子，一夕之間全島皆知，因為她真實的寫出：台灣。

我也想起，此刻我遠赴北美所要採訪的對象，不也曾是一夕之間全島皆知的風雲人物，他的名字叫做：郭倍宏。

同樣一個是被肯定、獎賞的文學新銳作家；一個卻是統治者急欲擒拿的異議份子……。

——前衛版《菅芒離土》一九九一

82

據說：中國古法的醫師結合赴美留學的兒子，以科技方式完成一個每天以腳就於通電的方型機器，三十分鐘氣血通暢的流程……極力推薦的九十高壽小說家和大學教授知悉我長年讀寫「坐姿不良」的骨刺、脊椎歪斜的痠痛，試一試吧，以科技推拿，他們都感覺舒宜了。

似乎逐老歲時，得以通話而非文字來去，相互祈勉的都是安康、保重真切之祝福；不談文學，不說理論，七旬過後，你我還苟活著？身心安頓是學習，睡中猝逝最幸福，不苦不怨不悔不捨……我，祈待如此情境，不留遺言。

告訴下一代兒女，請不要追思會，切莫悼念文，讓我靜靜、好好的別世，螢火安熄。

只有帶著美麗的情愛離去，妻子懂得。

83

想起遙遠瑞典的炸藥製造人：諾貝爾。

晚年想是老眼垂淚，爆烈純然是開山闢土，怎會成為戰爭引以殺戮的利用？遺產富裕——和平、醫學、經濟、文學四種獎項；借問：是懺悔或是救贖？百萬美金又如何？每一年猶若舉世盛典，假使只有獎牌無獎金，誰在意？誠是資本社會「錢」的意涵，虛華的遊戲。

自我允諾，一生做好堅執理想一事；看見或疏離都無所謂，由衷虔誠的相信，就值得了。

倦眼回眸，時間歸零，人生實難啊！

存活或死滅？少年習畫時的師兄寄來合影照片，敬仰的漫畫家前輩蔡志忠安住杭州西湖畔，書房座間列藏佛像雕群。藝術還是沉定永恆的敬仰？臨佛反思生命的悲憫或純粹是藝術所愛？傾往庇佑抑或是記憶裡難以言喻的稀微悲愁？

85

感覺疲倦，就去睡吧
醫師老友這樣說
子夜十一點是造血時刻
安安靜靜眠如嬰兒

感覺疲倦，就去睡吧
泡杯咖啡不馴的抗拒
夢如鬼魅霧中行走
借一杯酒驅散如何

再寫情詩？心已老了
枯樹殘葉只低頭
天涯海角都走過
殘燭恆伴我記得

記得留畫不文字
夢啊，去揣測
謎樣思索任幽遊
感覺疲倦，就去睡吧

86

科技文明愈發達，人類的精神內涵卻愈空無；老子說：五色令人目盲，五音令人耳聾，五味令人口爽。你看看現代的世界，無論男女老幼，尤其是年輕族群，人人手上一支手機，好像沒有手機就活不下去。但是手中握有一本書，或種種文字刊物卻百難求一人。思想家或文學家，嘔心瀝血的著作，沒幾個人主動閱讀；文學家或哲學家是人類心靈的開創者，他們竭盡心血的文史創作，卻被忽略、輕視了……。

——邱垂貞回信

隱居且擅歌的老友，手寫信收到，特別感到欣喜。前時我寄出請安明信片，習慣文字間手繪魚和鳥線畫，意為勉其：如魚得水、自在若飛翔。隱居生活中唱歌嗎？安靜寫日記吧，我說。歲月同暮入冬，昔時生命悲歡皆付一笑；不回憶，不感傷，不悔恨……青春時純然愚痴相信的理想曾經那般純淨，往後終究明白被出賣、嘲謔的玩弄，不必埋怨，我們從未變節；遙隔時空，夜深人靜，唱歌吧，好不好？

87

實言：不再寫作可不可以？多少次躊躇，夜深人靜之時，焚燬去完成的手稿……昏沉遲暮之年，還能有何新意？回憶自憐，大可不必，不如多讀少寫，浴後臨鏡，咒責老的自己。

獎項，意義已然虛無，陳芳明名言——創作持續，就是最好的獎賞。青春愛文學，晚秋昂然印證，那是一生的信實告白：文學永恆。

如果真有造物主
何以殘酷懲罰祂的孩子
小說？謊言與墮落
自淫言之聖潔
耶和華，不羞愧嗎……

歷史初時誰是小說家？
魔幻寫實的說書人

紅海分開，摩西絕望
傲然自命上帝選民？
兩千年前就迷戀——黃金

精裝經典，舊約新約
前神話，後告解是逃遁或是懺悔
青春時我虔誠拜讀
晚秋後我不再相信

送我上火刑架如在五百年前
不許懷疑，絕對的法西斯
最是虛偽的：哭牆耶穌之路沙漠般寒冷
以色列人，陰暗的不幸

88

威尼斯帶回的兩個面具，長鼻偽善者和睿智哲人。相異對比，單純是美感的直覺，還是想到今時的人心糾葛、價值崩解；真話是異端，虛假是主流，偽善者多如螻蟻，智者存在幾稀。對著鏡子，我戴上互換面具，清晰反照……是故作荒謬的自嘲，面具眼洞後淚光隱約？

89

沒有文字的我們，會在大海相遇。

——夏曼藍波安

達悟作家夏曼藍波安正在等待。

他已經等待好多年了……每年四月上旬，他的聲音從太平洋波濤洶湧的島鄉清晰傳來：「阿義！什麼時候來？我們捕飛魚去。」我是個一直爽約而失去信用的漢人吧？

一九九九年五月五日大清早六時四十分的遠航帶我及工作人員飛往台東，已在蘭嶼勘景幾天的企劃小女生傳來國華航空八時二十分往蘭嶼班機的訂位代號……我是充滿雀躍的，二十年不見的蘭嶼，一直熱忱要帶我去捕飛魚的藍波安。

偶而溜到門口抽菸，警員說：快下雨了。好意地建議：你們可能要搭直升機了……下雨，蘭嶼航空站會關閉，船也不開。話未說完，天空果然下雨了，機場廣播——由於天雨，蘭嶼航空站關閉。一群人忙著擠到德安航空櫃檯，詢問直升機的票價。

撥通了藍波安的電話，他笑說：蘭嶼也在下雨，飛機停飛了，對不對？我答說：也許搭直升機吧？我和電視台工作小組依然困在台東航空站……藍波安為了我的前往，向他工作的山海雜誌社請假一天，要我看看他獨力完成的拼板舟，以及要我為他的新書《黑色的翅膀》表示一點意見，結論是我依然失約了。

向晚，壯闊漾藍的鱗狀海域迎面而來……這是蘭嶼朗島村面向台灣本島的海灣，時為一九九九年五月二十七日下午四時三十分。

和夏曼藍波安終於相見，即將前往清大人文研究所唸書，剛以《黑色的翅膀》獲得吳濁流小說獎的作家第一句話就是：阿義，終於來蘭嶼了。憂喜參半的心情，說要帶我去捕飛魚，天氣卻變壞了，第二天，陰鬱沉重的大片灰雲籠罩，無法出海，他憂愁眺看小蘭嶼島方向，指給我看，幽幽地微嘆：那是我們達悟人的漁場啊！藍波安親手打造的橘色拼板舟靜止在布滿石礫的岸邊，像失去水份，垂死的飛魚。

90

那年，伴著木雕家初旅法國巴黎，畢業於清華大學中文系的漫畫家女子，引領我們去了羅丹美術館。莊重說起的，不是被視近世紀最為盛名的雕塑典範，反倒提及羅丹曾經的戀人：卡蜜兒。被辜負、欺瞞，終究在精神療養院悲鬱傷逝的藝術家……才情不遜羅丹，卻被故意掩蓋——卡蜜兒的雕塑如詩美麗。她形容。

妳，怎麼長住巴黎，還漫畫嗎？我說。

你呢？編副刊寫散文，漫畫呢？她反問。

容顏幾分苦澀，似有心事，我不再追詢。

走出羅丹美術館，三人咖啡，異常沉寂。

多年後，隱地先生持贈我爾雅版圖文書《世間女子》，扉頁寫著——此書曾印十刷（一九八五年初版）。彷佛是留予巴黎重逢，再也未見的遙憶紀念……八〇年代漫畫相知的美好時光吧？筆名：阿嫚，本名：楊承嫚。一九六四年生，祖籍湖南長沙，生於宜蘭。

還漫畫嗎？……三十年後反問的是自己。

91

咖啡店下午茶，咖啡蒸煮等候不急，不看手機，望窗外；舞台般夢幻嗎？嬰兒車非嬰兒，多的是「毛」孩子，繫著小花瓣的女娃雙手張開，小碎步，奔向少女似青春的母親……。

陽光暖暖，我還是一貫不加糖、奶的黑咖啡，相約出身耶魯大學的科技人談：文學。

科技人讀了大散文：《遺事八帖》，來話言之——百年台灣歷史古今原來真切如此？您，一定要為我簽名，附上擅長的，漫畫。我，鄭重提示，另一冊陳列名著：《躊躇之歌》更要拜讀，老兄弟早年前互許「大散文」的承諾；終究先後竟筆，花蓮距離台北，知心不遠。

陳列兄其書卷末，猶若人生靜美凝視——

當晚，我住在佛寺裡。風聲水聲，環繞在我四周。

隔天一大早，當早課的鐘聲還一

波接著一波迴盪在山谷裡，我就下山了。走到谷口時，天正轉亮。遠方的海上，浮雲滿天。

——陳列：〈浮雲〉

92

裸身男子奔馬，女子如此溫柔，煙雲迷霧之後，竟是血紅似死神追殺的木馬屠城。

敬愛的讀者，翻閱到前兩行文字，請暫闔書，回望封面畫幅；是的，三千年前特洛伊。

作者手寫的此時，思索的卻非三十六年前封面圖繪的詩人畫家，而是昨天突兀而來的手機訊息——燒陶植花的老友午睡時過世了。

過逝了？能在睡夢裡幽然告別，是幸福。

最後通話在七日前，我約他在港都相見，他回話說人在醫院，待能從輪椅起來，一定到高雄，大選最後一夜上台助講，要我相信。

我，相信他承諾。他，竟毀約告別人間？荒謬玩笑戲弄，還是夢魅交互的救贖、解脫？

——何時來「華陶窯」歡聚，很多年不見了，我烹煮火焰山森林溪澗的毛蟹，你一定喜食，準備東引陳年高粱酒，不醉不許你入眠。

他，總是來話，笑言豪邁的一再邀請，我，似乎不以為意的輕忽、寡情，負了他好意。

二〇二三年十二月十四日，摯友一生的：陳文輝先生，在午睡中辭世……我，茫然。

93

落葉松吧？盆地台北天母山路通向草山的花園餐廳，那年妻子歡喜快意的用完精緻法式晚餐，回眸山下夜景燈海如星……她預購落羽松數株，決定轉植於三峽插角弟弟的民宿「綠光」。我遙指遠方向海，那是基隆河與淡水河交會的社子島，合為大河潮湧流向淡水出海。

三峽插角：綠光民宿。恆是我夜酒後幽然入睡，深眠無夢，安然醒來後，發現鄰床的妻子不在擁被熟睡，推窗出露台，只見美人專注持花微笑道：早安。背景是臨著大豹溪巨大的百年樟樹，枝椏間不懼人的藍鵲一對，她說晨起去看民宿花園步道的落羽松，綠郁真是美。

幾年後，這記憶一直未忘在心中，那是脫困暫別於紅塵糾繞、世俗紛擾的台北盆地，得以求得潔淨的單純，自嘲是「人格分裂」？一方喧譁，一方沉靜，只有寫字時，才最真實。

寫字時，才真實

你是怎樣一個人

花非花　霧非霧
多麼遙遠一首歌
向你　由衷吟唱

我是草　是流雲
望月　心才寧靜
看星　如何書寫
遺畫的一雙藍鵲
我倆的愛不止息

94

從北美洲返鄉的畫家，我笑他如同莊嚴立誓古老溼壁畫，試圖留下歷史遺痕給下一代人；終究徒然，八十六年前的二二八事件，台灣人民二戰後歡迎「祖國」，回應的不是擁抱，竟然是殘酷的屠殺？豪筆之繪一而再，再而三，天啟神諭的死魂靈血染山河；只有我輩戰後這一代敬肅記取，新一代人如此陌生。

手機、電腦比神還確定，歷史，笑死人。

這悲切又自問的畫家，名叫：江懿亨。

抵死不聽勸告，不渝的作畫二二八留記。

誰是知音，珍惜藏畫？我們這代人不忍見畫哀傷，信實太真……畫家啊，請見諒我輩難以承受的父祖被誅殺的不忍，歷史是屠城。一九四七年二月二十八日，台北大稻埕，討生活的菸販婦人被欺凌，圍觀民眾義憤填膺，起而對抗接收五十年日本殖民地台灣，全島響應，軍閥蔣介石令三十七軍渡海鎮壓原是歡天喜地迎接「祖國」，天真、善良的台灣人，結果？

再也沒有：烏托邦，只有複製：特洛伊。

且看今時此刻，以色列屠殺巴勒斯坦人。

含淚建言畫家兄弟，不如專志台灣山海作題。只有太平洋壯闊無涯的波潮最美麗，卑劣、惡質的人性別再愚痴相信，喝杯酒，安心。

95

手記體文字，我手寫我心。這本書，你正閱讀，請相信此是你我交換的心事。前書半世紀由衷書寫，未忘的是島鄉之愛：土地、人民、歷史。想遺忘卻忘不了，彷彿沾黏的骨刺之痛啊！這本書是最後之書嗎？我懷疑，自問不知還能存活苟且到何時，至少，我真情實意。

厭惡歇筆後，入睡。拂曉時分，月沉星微，夢入眠來，依稀彷彿，真假難辨之糾纏，多麼願意是昔往記憶也好，怎麼是全然陌生的意境？幽幽醒來，十足痛恨此一虛幻的錯覺。

幻覺？妻子憂心我情緒起伏的忽而躁鬱，我明知不可服藥鎮定劑（百憂解？）只是傷害深思者，曾服藥三日，差點無意識，跳樓？

——除非放棄寫作。所以，不給你開藥。知心的前是詩人的精神科醫師老友嚴正定言。

——那麼，我怎麼辦？不鬱但恐慌……。

我無助、囁嚅怯語，想像，心肌梗塞在夜眠中自然猝死也許更好吧？文學救贖我這曾經是支離破碎的無用之人，幸好，妻子是菩薩，誓言伴我——

放心吧，千山萬水陪你走。

她非輕言，實是允諾；我，由衷感動。

憂鬱、沉悶、自以為是、固執不馴……深諳生命破缺。村上春樹有句話令我敬服，雖然我曾不苟同日本那造做、迎合世俗讀者的小說意境，只有一本：《挪威的森林》，感知其用筆的真切，而後，他詮釋文學的人生意涵——

世上，沒有完美文章，就像沒有完全的絕望一樣。

流星撞地球般地暴裂、瞬間的智慧評言，如是最後意識殘存，死滅最後留思，我會深刻記取這句話，不就是我一生文學的信實祈望？

如果再無新意，也許這真是最後一本書了。捨文字，回繪畫何不？但是歲時老矣，十指笨拙，能夠再靈動的準確線條似水奔流？文字是我心思如深潛之魚，高飛之鳥，哪怕厭棄陌生之夢干擾，我還是堅信，文學是唯一救贖。

96

筆會。總邀會員餐聚於十二月，赴宴之心彷彿歡見文學同儕與前輩的悅然；新任會長，學者作家：廖咸浩，善於散文且唱歌，十足是浪漫主義的典型。台北仁愛路和敦化南的「春申食府」午宴無酒，祕書長笑說，請自己帶酒。

文學，是多麼迷人且自在。酒逢知己千杯少，以茶代酒相敬，只要寫作、英譯如常，文學就是純淨自我的修行；一群世俗外堅執以文字留下美與愛的印證，生命索引真切的虔誠。

十二月十六日週末，筆會歡聚後離去，竟又在華山藝文中心的新書會晚時重逢……羅智成新詩集：《預言又止》發表會，彷彿是「祕教」的莊嚴儀式，教皇是羅智成？畫與詩一生都是至美的獨具風格，就是創作的由衷虔誠。

我喜歡詩人群書以黑色封面呈示特色，手繪插圖猶若千年之前岩穴中的溼壁畫，詩句形式彷似千年後預言，新時代難想像的質疑？看不見的「上帝」一定很生氣，這群叛逆者？

97

想睡，睡不著？記憶從很遠回來了，那不就是一再自許，別再追思的倦眼回眸嗎？散文最真實，但怕重複……其實，重複非留情，而是珍惜的青春歲時，愚痴但純真的由心告解。

自問何以要自苦如天譴的糾葛己身？放下書寫的筆，倒杯酒，抽根菸，撫平焦慮吧。

想睡，睡不著？散文繁複，寫詩何不——

寫詩？何不繪圖
高飛的鳥
深潛的魚
我，羨慕你們
自由自在，思想單純
寫詩？何不繪圖

十字架悲苦的耶穌
菩提樹沉思的王子
漫行大漠的傳信人
耶和華，看不見的雲

信與不信，可能不可能
演化學，人由魚出水上陸
鰓成肺，鰭變腳和手
又是萬年，時間歸零
地球？宇宙設下魅惑

由土而生，終成塵土
哀愁，何以為人？
造人者是詐騙集團最初
謊言，原來是結論
睡吧，夢的情境最真

我，試圖藉深睡入夢，試圖尋找最初自己的原貌；夢很殘酷，還以我全然的陌生意境，像舞台劇般地荒謬？那拂曉前帶他去淡水小鎮看海的少年今何在，一生竟寫懺情散文？

98

《革命青年》二〇一二年五月十一日，玉山社出版，六年前同一天，是我的結婚日。

十一年後，冷冽冬夜抽書重讀，作者：劉克襄。封面設計：何華仁。歲月逝水無聲流過，多麼遙遠的三冊詩集擇摘留念——《松鼠班比曹》、《漂鳥的故鄉》《在測天島》。八〇年代，美麗而哀愁的追憶，這本書留下了。我，逐句吟詠，逝去的何華仁聽見沒？此時深睡或如我未眠的夜讀，倒一杯酒遙敬，彷彿永恆的青春思念，那時，你們帶我去看鳥。

這些詩的狂野和憤怒曾是烽火，燃燒過，在八〇年代觸及不少同世代的友人和年輕學子的心靈。隨著時代變遷，它們也逐漸冷卻。如今遙遠如星，遠離近鄰，也遠離我。有時緬懷，幾乎僅剩一點點餘溫，僅供自己烘手，沒幾行幾句值得取暖了……但這樣的詩之單純，質樸和勇氣，畢竟是烙印了，那是一輩子的銘記，繼續讓自己對土地的關懷持續不變，迄今仍在踏查旅行，仍然有著二十五歲那樣的熱情。

——劉克襄・書序

是的，八〇年代，克襄與華仁帶我去看鳥。那時三人還很年輕，靜坐淡水河出海口，紅樹林到沙崙，潮浪湧動多麼純淨、理想，傾談島鄉未來美好的祈望。革命？歲華老矣的今時，寫字？不就猶如馬奎斯：《百年孤寂》小說中晚年鑄塑小金魚，彷彿自嘲之人？

99

銅色小瓷瓶，小綠葉置書桌燈下，猶似微型小森林。我想問：你，還存活著嗎？生命如此奇妙，安靜的呈現生與死的斷然……綠多盎翠之美，政治以綠自慰摒棄藍天壯闊；事實是幾人深讀文學？再問：何者以顏色分野兩黨政治識別？畏懼紅色，中國是詛咒，先民百年前從那對岸渡海而來……中國威嚇，台灣拒絕。

回想：島鄉壯如大海鯨魚，陸地蕉狀，自我文化現塑的台灣典型，自信自得自在的生養兒女，這是我們珍惜且護持的——獨立之國。

獨立。不委屈，我也不同意任由太平洋對岸的亞美利加共和國的威權自以為是——難道台灣只是忠誠一條狗？守衛竟要自生自滅？

不想寫政治，卻思維不得不的不以為然。

下一代人的幸福，上一代人必得維護。

自許鯨之強韌，事實南脆弱如香蕉。

不靠美國，台灣早就被中國殲滅……。

歡酒後，竟然微嘆此說的留美政治教授。

中華民國？綠認同不提台灣之名何卑微？
藍與綠，想到的盡是私慾……我，嘆息。

100

喝杯咖啡吧。伴妻回返童年之地：大稻埕迪化街。老朋友新書會，見他欣談美食，由南到北，除了唇舌品嚐，淡然不言從前事。曾經的島國之夢，如同我藉詩留情，都忘卻了吧。

揮揮手，讓我先離席吧，小藝埕二樓的咖啡店夫妻靜坐喝半晌，服務員態度冷熱不解，大稻埕陌生如許，童年記憶遙如天海之別。

郭松棻小說：〈奔跑的母親〉，我記得。

101

瑞士山莊？借用歐洲中立、和平之名構築的山林社區位在台北汐止丘陵間，綠郁盎然。

初訪抵達是二十七年後，竟是滿樓廢墟？紀念悲鬱的往事發生緣由於無辜被以「不服稅制」定罪，強行沒收，湮滅創建者最初的理念——練功、修身之雅地，支離破碎如夢。

「不義紀念碑」，我們植下樹苗，仰望高大的木劍直插雨後溼濡的泥土，劍把上爬著蔓藤。無罪清白，樓舍很多年交還，荒蕪折損。

殘酷的國家暴力，單純的練功、修身團體竟被以「邪教」誅連？無語問蒼天：太極門。

102

最後一本書，卻是最初的情書集：《苦雨戀春風》，2015．7．26台北飛羽書店鍾肇政老師持贈。

十七歲，第一次拜讀：鍾肇政小說《插天山之歌》志文出版社文學小說，吸引我的不是文字，而是「插天山」三字令我首見的美感。

即將大專聯考降臨，我卻沉迷於漫畫習作，筆名：牛哥，亦是小說家李費蒙先生最後一個徒弟之我，最初文學啟蒙，竟然是這本書：《插天山之歌》，鍾肇政是誰？我不懂得，但那清逸，素樸的文字，卻讓我意外的歡喜感念。

很多年以後，有幸任職《自立晚報》副刊主編。如同父親般的鍾肇政老師首任解嚴後創立的「台灣筆會」會長，囑咐我兼任該會祕書長，時而請益，時而由衷追隨街頭反對運動遊行，我們不談政治，反而談論的是：文學。自立晚報副刊每月一見的：〈筆會月報〉，皆是鍾老師邀約集稿，我敬謹如序的刊登見報，那是我日常如飲美酒的忠誠期待。像父親似的告訴我

——童年時在台北大稻埕他讀書的小學是太平國小，很多年後誕生之我亦如是，遂有格外親切，彷彿父與子的承傳，文學亦然。

鍾老師小說獨具風格，他之儒雅謙和，雋實的留下島鄉台灣的風情世俗，誠如與子民生活的相知共鳴，從未指點或自以為是的驕傲，我向他學習，誠實的遵循父親般地的諭言——

我手，寫我心。風格即人格。

風格即人格。此為我至今半世紀文學修行的獲益良多；近身鍾老師，他視我這不諳小說，堅執散文的後一代人，像文學孩子般護持親炙……副刊編輯，時而去話請教老師，我能夠再有新意如何？桃園龍潭與台北濟南路，電話沒有距離；老師告訴我——任編輯勿忘寫作。

主編過：《台灣文藝》雜誌、《民眾日報》副刊，另及遠景版：《日據時代文選》、前衛版：《台灣作家全集》，他也是最資深的好編輯；《濁流三部曲》開展鍾肇政大河小說，亦是戰後台灣文學先驅，果然是風格即人格。

103

夜雨聲淅瀝，我在夢裡依然書寫？彷彿戀人從遠方幽然呼喚，如深谷回音。小街盡頭的南崁溪水潺然，猶若日常自家的日本料亭「麗月」美味在舌不忘，妻子所愛的赤霧島燒酎。最初引導我品嘗的是：旅日作家王孝廉。北九州福岡，他說這是甘薯醇釀的美，遙遠的一九八九年，詩人向陽相偕拜訪，歡喜飲。

兒誕石，你們應該去看，就在我執教的西南大學海岸，鄭芝龍日籍夫人田川氏生下兒子鄭成功，中日混血兒，矛盾與糾葛在近代歷史上，抓面而死，病因如何？是長年憂鬱症吧？

最後一見王孝廉，他來南崁看我，已然無力明白訴說，火鍋晚宴，豐盛菜色亦難入口。病？辭鄉般決意死於原鄉，死後，回葬日本。

104

識友，一個一個離逝，想念他們，我憂傷……揣臆，如我別世，煙雲消散、幻滅，不必追悼文、追思會，請容許我離去，終於解脫。——比地獄還地獄的人生。服膺芥川龍之介的遺言，生時，必須學習芥川的決絕自在，死後一切虛無；千萬別因病痛連累愛妻與兒女。

這是我的遺囑，真切表白，請不要違逆。

文字美學一生，這是我追求的終極祈盼。

如有哀思難忘，是惦念島鄉不幸的茫然。

105

煤煙火車穿越樟腦寮的老樹蔭
遶獨立山三圈才到站
抬頭，阿里山仍遠
天地有情
百年枕木不壞
鐵道中途戀人遇見老松
小孩拾起毬果
到奉天岩平臺
供養十方菩薩
今日別無他事
只有呼吸和流汗
走入淺山
有愛女相伴

——張信吉一九九九年詩

為我索取「葉石濤文學紀念館」最後留存的四百字稿紙，我不禁請問昔筆名：吉也，本名：張信吉，於今最得意的詩作是何首？不日，他寄到：〈獨立山旅次〉十三行詩。如今的醫師女兒，伴詩人父親阿里山同遊，多美麗。

女兒，真的是前世情人？我一再深思久久。是啊，阿里山似近還遠，煙雲和森林中那無比清澈的湖水，不就是嬰孩時，深擁的疼愛？父親耐心的教女兒學語，字句如此純真虔誠。

您，還再詩否？我提問，張信吉未回音。

106

妳，是我曾經虛構小說裡的性愛，抑或是實境呈現為妳完成一冊詩集的永恆戀人？

記憶依稀彷彿，是台大或政大受邀的文學講座，研究生們如是問起。我啊，毫不猶豫回答——小說虛構，詩文真實。恆常面對年紀兒女般，修習文學的研究生群，慣於直覺坦言。

有愛才能性，心靈知音似詩綿纏。

近年，我一再拒絕文學講座，就怕脫序、跳躍的朦朧思緒，漫無邊際的妄言亂語……。

青春鳥初愛文學的嚮往，勤讀怯寫，還在猶疑捨繪去，習文來的矛盾思索，我十八歲。

竟然考不上美術科系？沮喪、無措的不知往後何去何從？終究了解自我缺陷，哪怕就學美術科系，也難以抵達高度標準，我自覺。

天使之羽不可見，夜梟從此成天譴？

於是決定放浪於「性愛」之描寫於小說，追尋純淨的人間邂逅，如詩吟詠的真情索求。

107

狩獵月光

鳶尾盛開

春風夢田

荷塘雨聲

四字四行詩？百年前五四新文學年代的清雅感思，亦似繪畫寫實又幽玄的靜美景緻。

事實是四本書之題名。前二：聯合文學，後二：爾雅出版，著作者——張瑞芬。

年終寒夜，重讀其文學評論四書，竟無久違疏離之感，猶然親切如在爐火畔溫暖傾談。時為十二年前，我曾致意寫下張瑞芬特質——

什麼時候，張瑞芬現身這十年來逐歲蕭索，形成小眾的純文學環境？怎般因緣，突破台灣文壇向以小說、新詩為常的文學評論模式，竟以散文研究為專志的主力而令文壇為之驚喜？十年以降，我敬謹拜讀張瑞芬頻繁、多樣的散文評論並及其他；其豐沛、龐然的深度與大器之壯筆豪情，反而不免掩卷深思亦有所不解：如若張瑞芬在精擅的文學評論之外，亦涉入文學書寫，那深帶感情的美好文筆，應該亦屬不凡的創作群落。其實她正是以散文的筆觸書寫文學評論，身處大學門牆的中文系教授，卻毫無長年印象中已成定位的評論家桀傲姿態，不時賣弄後現代主義，動則引以羅蘭巴特、班雅明諸西方學者馴之閱讀人眾。張瑞芬沒有這種知識人的偏執……但見她花香芳醇般筆觸，如秋夜簷下聽雨，秉燭憶昔。

文學已如風中之燭的年代，張瑞芬是持燈照亮荒原的有心人，堅執且頑強地突圍、奔馬。美質慧黠的教授以壯麗、秀異的豪健筆墨開創了文學評論另類的山河。為文學解謎，為作家與讀者構築一道天梯，光和影、明與暗，定見分明，毫無灰色地帶；手術刀掄動、切割亦不忘側首回眸窗外的皎月及窗內的花香，理性和感性交融的探索繁星般的作家靈魂亦不忘向閱讀人眾交心。沒有艱深、凝滯的學術語言，彷彿身臨一方明鏡，映照所思卻不為所惑，她要洞見鏡後的虛幻，非尋索出本心真相不可的沛然志氣，正是：張瑞芬忠於信實的虔誠。

108

西雅圖午後等待北返溫哥華的客運站，竟然有：紀伊國屋日本書店？許是都在美加邊境城市，華人移民、留學生不少，日本書店也有中、港、台三地文學書，見之親炙，逐一漫然看去……驚喜兀見時報版：《漫畫阿Q正傳》？從上海來華盛頓大學就讀的店員一翻封面摺頁，看向我，不可思議的訝異神情——您，是原畫者？呂學源兄側拍照片印在作者簡介，怪不得剎時辨識了！這本書我要買，請林先生簽名題字，寄中國上海的父母，收書一定歡喜。

尊敬：魯迅文學，三十多年前為他作畫。

109

天慢慢亮了，我卻想留在暗夜
沒有喧譁，不必對話
倦而應睡，伴酒如何
睡不得倦不得，為什麼？
毫無理由的，糾葛迷情
不忍釋手一本書
暗夜祈待突兀的流星
幻想一尾飛翔的魚
帶我暫別即將降臨的亂世
天慢慢亮了，我卻想留在暗夜

110

三黨總統候選人，奔忙全島，相互詆毀、詛咒、嘲諕……回家後，是否會靜思自我的真情或虛偽？我只憂心參選立委的南方老友，結識相知三十年，何以堅執、信實的投入此四年一戰的政客遊戲？台灣還有誠摯，為這被美國霸權主義視為「庶子」、「附庸」，幾人不以為然，勇於抗拒的「革命者」、「政治家」嗎？很現實，又殘酷且悲哀，台灣不依附美國還能如何？早被極權中國侵蝕了吧？很無奈。

亞細亞的孤兒？羅大佑哀唱吳濁流之歌。

上一代人被殖民，我們這一代曾經試圖反轉依然失敗，下一代人呢？幸或不幸，不敢想像……俄烏之戰、以色列屠殺巴勒斯坦人，遠方的生死命如草芥，孤懸的台灣，前景如何？

嘉年華會？私利爭奪？不用武力，口水謾罵，這是自許為「民主」、「自由」的小丑演劇，馬戲團遊戲，台灣人？我感覺，好陌生。

能不能相互擁抱，生死相與的原鄉同胞，尊重、包容、理解、親愛？真情實意的美麗之島、迦南之地……？法利賽人背叛了摩西，上帝沉默，佛陀無我，伊斯蘭還在被掠奪，台灣呢？悲憤、憂杞幾近一生的文學人，寫了什麼？

111

彷彿依稀……記憶一直不忘的好萊塢電影，很久以前了；一架外星飛碟在最深子夜，鬼魅般、神話似降臨地球，要帶走志願遠離的暮老之人類，如果是您，去或不去？我，深思今時如若真有此事，我啊，去或不去？

善意？人生很苦，外星智慧要垂老者到光年外幸福安息。惡意？地球人類成為探索生命的實驗肉體。二擇一，如若是您，去或不去？閃爍幽光的外星飛碟要將老人帶去何處呢？決心遠行者斷然允諾，去吧，餘生終究沒幾年了。猶疑者多少不忍，我忽然失蹤了，愛侶、家人苦尋不著，他們的憂傷將如何折逆、不解。

我，自問：如若成真，究竟去或不去？

112

打開書房的大燈，巡看羅列典籍之存在。

這是我淨心、信實的聖堂，至美的仰望。

啊，傾聽樓下小街夜風吹襲楓樹聲，是文學逝友在呼喚我嗎？靈犀未忘，怎麼遠行的你此刻知悉我正翻閱遺著，思憶從前美麗時光？

如是清晰，那般虔誠，你為我敬呈的新書凜然題簽，握筆之手，猶若創作自求的完美意志；是的，我們面對文學之神，敬慕不虛偽。

你，都好嗎？幽冥何能再相見，生死悲歡一線間……要說的話都寫在生前書中了，臨死前如何留下最後遺言？悔憾，焚身一縷青煙。

我，笑望書。重讀就是懷念，你，安心。

113

跨校學法文？板橋橫過大台北盆地，換公路局公車來陽明山華崗？好用功的你哦，是美術系？畢業後想去巴黎？聽胡老師課，很好。

記憶，就那麼一次。紮兩條粗黑髮辮，身著南美印地安彩紋服飾的姊姊如此問我，不明白她是誰？事後請教文化學院法文系教授胡品清，只是簡言：大律師女兒，家境豐厚，她來旁聽法文課，並非向法國，她想去西班牙。

僅有的一次見面如是清晰，是下課後幸搭另位學姊，早就家戶喻曉的名歌星駕駛的便車回台北市區；印地安姊姊一路話不停直說——你們要讀一本文星出版的好小說，作者叫舒凡。歌星姊姊笑得真美麗，答以——一定買。

（借問讀者，兩位姊姊是誰？）

那是我十八歲時至今不忘的記憶。跨越從板橋換兩趟公路局客運上陽明山學法文，考不上美術系轉習廣播電視的我，其實是傾慕文化學院胡品清教授唯美的散文，是我文學啟蒙師。一如葉珊之詩、沈臨彬手記，不思去巴黎。

胡品清教授，猶如文學母親，一生感念。

114

躁鬱症？近時新聞但弒親、酒後殺友、車禍致死；一而再，再而三，都是悲劇綿延。選戰烽火？私己困惑？迷霧詛咒台灣島鄉的不知所措……幸福，何如迢遙，暴虐是人性底層的天譴？逐筆寫字，祈美麗，卻蒼茫，如果這真的是我最後一書，特洛伊真是台灣複刻版？我，不相信沒有真正的人性救贖。

惡夢未必成真，怎麼日見成真如此殘忍？寧願所有的災阨都只是一場惡夢，深睡陷落沼澤、烈焰焚身；乍醒後冷汗，窗外靜白雪意。

掩耳闔眼，不聽不看不感覺……如佛沉定，如魚深潛，如鳥高飛，這是我終極的祈願。

平安是福。手機時見的圖文，多麼美麗又何等虛無？理想希望，現實明顯是絕望！

詆言、挑撥、汙衊、折損、怒罵……相知疼惜，傾聽與尊重不同言論已然飛灰煙散；如果真有創世之神，合應塑造瘖啞之人……。

逐日追月，一年接續一年（我們的島，請用母語唸——咱也倒。）下一代子孫如何回看我們這一代人所造就的不幸？智者沉默，劣者猖狂，竟然是迷惑的主流意識？質問我，怎麼這本書標點（？）這麼多？我是躁鬱症患者。

115

別再相信，曾經打過三次的疫苗，它是以毒攻毒的陰謀，就連免疫系統的防衛，它同樣摧毀、殲滅……寒冬苦失溫，它要奪你生命。醫師鄭重提示，他極其沉重的凜然告之。

戴口罩？搭上每小時一班的客運車，但見全車乘員低首滑手機，如同乖馴動物，目的地是屠宰場嗎？灰塵滿車窗，汙黃的玻璃似乎從不清潔，南崁到台北半小時車程，這是無可奈何的「運豬車」嗎？靜看丘陵綠樹，廟宇、倉庫、工廠……亂七八糟的風景，台灣的本質。

得過且過，掩耳閉眼，不聽不看，逃避醜陋的紅塵多色；手機才是僅有的自慰。網紅、達人？蠱惑的引為真理？請問：何以為真？

三千年前，希臘人以船板構成的木馬，竟然是三千年後，孩童逐上奔下的荒謬玩笑……特洛伊是人類歷史悲涼的警示評語。

我毅然關掉手機，科技扮神，神的慈悲究竟在哪裡？可否容我遠離，寧願是荒野最後的遊牧浪人；只祈求，台灣不是複製的特洛伊。

116

妳賦予我一個美麗、靜好的南崁新家，只期待我，安心寫作；笑說：保護文壇稀有動物。天使般的純淨、觀音似護持，文學借我一生應合宜。究竟餘年幾許，未來還要旅行海角天涯的願望，島鄉的沉鬱自始在心，是否真有忘川之水讓我不再回憶那曾經愚痴的相信？

一筆一劃由衷真情實意，自以為是的虔誠其實毫無意義？能否容許我敬謹抄錄智者林彧的詩句，多次懇切要我散文書題：《沒有意義的記憶》，我答他，只有你以詩命題最深切。

今天的憂喜不要
跟昨天的，比長，比短
一經遺忘，哪個該哭？該笑？

每天有應接不暇的臉孔
每天有愛不完的仇敵

在貯存前，他們早就消匿

霧走了，霧又來我們快離開，別人要上台

——〈霧台〉外一首 2017・3・12

我們這個年頭
招呼太多，真心的問候卻少了
我們刪除的都是
朋友，又一直引進仇敵
我們不斷戀愛，除了增加名字
也未曾愛更濃，情更深
我們寫詩，修飾的語彙
艱深冗長，句子只是用來拼行數

我們熱中於激辯
以致忘了說些平順的人話

——〈我們，這樣〉2017．02．09

我的名字叫做：
離開。

在疏離的廣場上，
沒有人會留下來，
大家的方向都是：離開。

離開，你的座位：
離開，你的記憶；
離開，你的愛恨。
無關那種榮辱，
你都得離開。

不必悲喜，
這臃腫的歷史，
你只能割食你喜歡的那段。

天黑了，車班停駛，
離開的就不回來。

——〈離開〉2015・08・02

二〇一七年七月印刻版，林彧詩集：《嬰兒翻》一百十七首詩，年終寒流極冷，高粱酒暖身，深夜三時，重讀老友此書，擇之抄錄上列三首雅歌，乃是驚覺其情境不就猶如我心歷程的往昔曾經？老兄弟替我告解，多麼美麗。

美麗的文學救贖無怨不悔的過去，悲歡離合，如妳所言，記取美好，忘卻破缺，感謝最初有緣相遇的人，都是懷抱幸福的希望；無緣終究遺憾，皆是誠實的面對自己，愛，別離。

117

明天午後桃園高鐵前往苗栗，只要二十三分鐘就可抵達苗栗，我與敦煌藝術中心主人，水墨畫家洪平濤先生同往他原鄉後龍，祭拜辭行華陶窯主：陳文輝先生。八十一歲在睡中安然別世，不為病痛所苦，人生實難，得以如此事實是人生終極之幸福。不免哀思，多少良夜酒聚，都是真情實意的交換悲歡心事，文學至友，小說家王定國二十年前後的聯合文學版自選集依然留情的不忘這段深刻感懷的文字——

四十年歲，突然趁著漆黑的夜晚匆忙把自己講完，夜深還要趕路，餞行的詞句早就遺忘在遙遠的哭聲裡。幾個無趣的男人如亡盡興，純屬這一場黃昏之約的意外。起身時，藉著薄薄的月色突然撞見了亭柱上的一塊詞牌：五十年來狼藉……

——《美麗蒼茫》

五十年狼藉。倦眼回眸，又是二十年過去了；我所慣用、喜愛的「手記體」賦以散文形式，那是暗夜突見的遠空煙火，抑或是更為迢遙的流星閃爍？古老僧院的抄經意境，純淨無瑕的懺情與告解；彷彿，文學借我一生。

附錄：告別，母親

1

時而思念九六高壽，安祥離去的母親，那是二〇二二年六月十九日。確診，前夜氣喘、痰塞的呻吟，次晨八時五十分溘然辭世。

我時而望向微亮的母親寢室，錯覺以為，母親還在臥鋪沉睡……就怕推開房門，兀見依然微笑抑或怔滯靜坐床頭，不知所然的她，似乎有話想說卻難言的無措。

彷彿依稀的印象……。倦眼回首，母親一生恆是默言唯多，心事重重，不解她所思何以？我不明白，探問自是多餘，曾經索引家族從前，茫霧、微雨般，但見母親欲言又止的片斷輕描淡寫，跳接般支離零碎，某種閃避。

至愛的母親啊，您是否能回到我的夢中，猶如昔時方剛年滿二十，青春正好的兒子生日，您意外備辦豬腳麵線、紅蛋賀我真正成年了，一包長壽香菸，笑說——咱母子對抽吧！

至愛的母親，我們會在夢裡重逢嗎？多麼迢遙的半世紀之前，您與我相對抽人生第一根香菸；那麼美麗而溫慰的母親暢快笑顏啊！此一記憶竟然突現在您辭世五個多月後……。

沉痛、哀傷的夏日早晨，被前來急救的醫護人員禁制於家門前，難以伴隨母親生與死剎那之間，不孝的我這兒子亦同確診；無助且無奈的泫淚，最後一眼是病危的母親被推入電梯，掩門、乏力的我癱坐家門後，啊！瘟疫蔓延時。感謝：急快趕到醫院，女兒、兒子，終能陪伴疼愛他們從小到大成長的阿嬤，最後一程。

2

七十歲，她返回久已忘記或從未向兒子提及的河灣，六十年前孤寂童女，彷如被遺棄的一只零落的旅行箱，四處託求寄放；瘖啞、怯畏地輕嘆、尋覓數日偶而短促一見的單親阿爸……河灣入夜，哭音低微，啜泣給自己聽。

六十年後，她終於問起遷居新家的兒子，主臥室窗外印象中，不就是我童女時代那個弦月狀的河流迴轉處嗎？怎麼不見水岸了，記得對岸連接到：

松山上塔悠，一座座燒磚窯，哪會都沒有啦？我，記憶裡不是這樣的啊！原是柔和的語音因疑惑不免激越了，兒子解說新家所在權狀註明「大灣段」，這是政府土地開發，將河流截彎取直的政策，新河道在一里之外。終究，她似懂非懂，頷首低微，眼神明顯不解。

新家第一夜，失眠的她熄去床燈，拉開窗帘與月相對……剪影般坐著，只有追憶往事如煙，青春到晚秋，歲月逝水般流去無聲，熟悉的大河灣消失了，今時被填土將作不久豪宅建地；幼時朦朧，夜霧灰濛的河上，船燈如豆似遠還近，撈蜆、捕魚的舢舨幽然劃出一道銀白的水線。阿爸告訴她：寄草在某叔某姨的家，阿爸去瑞芳掘煤碳，賺錢給妳好生活，乖哦。

妳，是多餘的存在。一碗粥，兩條鹹瓜片，要吃不吃隨在汝；無老母的查某囝仔，憨憨地在哭啥？要怨歹命，去怪汝那沒路用，被離緣的老爸吧！河岸寄居地的某叔姨如此的嘲謔幾是逐日尋常，孤寂童時河灣入夜，哭音低微，啜泣給自己聽……。

3

至愛的母親，我好想再次，緊密擁抱您。

那是義大利羅馬梵第岡大教堂，母親初旅，最珍愛的留影相片；左右兩旁微笑小天使，嬰兒模樣地純真無邪……大理石雕刻，玉般溫潤之瑩潔。哀傷的告別式佛祭靈堂，刻意放大特寫母親依然美麗的六十歲笑顏，避開小天使的天主教印記；是啊，金剛經明示「無我」偈言——一切有為法，如夢幻泡影；如露亦如電，應作如是觀。

我佛慈悲。臆想：失智多年的母親如飲忘川之水，想是另一種幸福吧？她在如夢之夢，晝夜難分的默坐之刻，前靜心看花，後暴怒詛咒？合應是最最真實的剖心告解，是啊，一生委屈都罵出來啊！何必隱忍，從生到死，人生如地獄，您懂得。

懂得似澈悟，因為澈悟所以自苦。母親告誡我這自始天真、理想、愚癡的兒子：獨善其身，切勿關切天下事。這事我不聽話，母子辯論，她說：我不識字，你讀書讀到背部了嗎？電視上這些話語蜜甜的民意代表，盡說謊言！他們只愛錢……錢，錢，錢……笑死人啊，嘴講「愛臺灣」這我看多了，議員啊，做官的，多的是：「愛錢」！什麼時候，想到下一代子孫的未來？

一時間，怔滯之我，無言以對了。

母親自謙不識字，事實是無心再習華文說寫；殖民地日本時代，以為就此認同此一從基隆港北航一千六百海里，抵達南九州鹿兒島。仰首櫻島火山，總是思索何時會再爆發，猶若人生無常，無常剎那，您走了。

4

如果是假日，有點陽光的晨間，我可以清晰聽見大女兒及小兒子在陽臺上嬉戲的輕脆笑聲……小兒女穿梭花草間，像兩隻可愛的蛺蝶，童稚、歡快笑聲、奔逐，連陽臺上在春天時格外鮮艷的杜鵑們都搖曳不已。而在花紅草綠間，蹲踞一個婦人，靜靜修整花葉，充滿寧謐……婦人是我母親。

——〈種花的母親〉一九八四年

三十八年後，小兒女含淚合掌，目送最疼愛的阿嬤逝後五小時火葬場最後一刻；手機 Line 給同般確診被禁制出門的父親影片，推入焚化爐熊熊烈火，不孝兒子望手機泣淚，不知所措的生死難分，母親真的永訣了？

烈火所見當下，事實熱焰燒灼的是我這不孝兒子難以抵達，最沉痛、哀傷的心啊！

母子告別，我們究竟隔開多少距離？

是啊，您教我要誠實。彷彿刻印的不忘記憶，怎麼誠實評論塵世真與偽辯證時，您卻驚懼地突兀了……？並非母子面對坐談，而是夜晚電視談話性節目，見不到兒子的母親竟然僅能在螢幕上重逢似乎默言、疏離的兒子？他的話怎麼如此凌厲、尖銳？如果是在三十年前，如是禁忌的批判之言，早就被送去遙遠的：綠島。

汝足好膽，敢在電視批總統、譏立委，不驚死哦？母親憂心規勸，兒子一笑置之。

藉著「臺灣」之名，飽足「自我」私利；親愛的母親，您不會明白，我只是遵循——做誠實之人。

5

做誠實之人？我必須懺悔，一生行來，職場、人情應對，還是不免有所虛假（善意的謊言？）；直率、任性的我厭惡虛偽、霸氣、自以為是造神，唯我獨尊，成幫結派，要你選邊、立場分野，再也沒此似「法西斯」的：民粹。令我更不以為然了，政治不值得評論，原本是純淨的藝文竟而亦是……我，妥協些許、贊同偶而，還是：不誠實。

幾近一生，我這已然習慣長夜讀與寫，不到拂曉的夜梟，憶及台北舊居青春至晚秋；至愛的母親竟也夜未眠，輕敲書房之門——啊，袂睏哦？這樣會拍歹身體啦，吔飫袂？冰箱有果汁，碗櫥有泡麵，唉，緊睏，天要光了……。仍未失智前的母親夜至我因媒體工作晚歸，時而守門等兒子回家，她才安心，我卻不以為然，甚至直覺這是一種「不自由」的監管？都五十歲之我，媽媽！

索性在書房音響播放日本演歌女王美空雲雀ひばのうた，母親最鍾情她的好聲音；尤其那一首〈花笠道中〉，在西門町電影街開店時，轉唱台語歌〈孤女的願望〉的：陳芬蘭去喝咖啡，和母親欣然聊起，是啊，少女母親初到台北大稻埕，孤寂時是否愛聽這首歌——

請借問播田的田莊阿伯啊

人塊講繁華都市台北對叼去
阮就是無依偎，可憐的女兒
自細漢就來離開父母的身邊
雖然無人替阮安排將來代誌
阮想要來去都市做著女工度日子
也倘來安慰自己心內的稀微

——曲：日本。詞：葉俊麟

6

這房子幽雅，是啥人的新厝，哪主人何在？
媽媽，這是咱們新家，遷居桃園南崁，兒孫體貼，盼我們住近，有事便於照應。

這是二〇二一年六月十七日午後，兒子開車告別台北大直舊家，帶著母親及印尼看護抵達新家坐定後的對話。和式、日本氣質的裝潢，出自妻子「京都美學」的巧思；陽臺種植花樹，綠意盎然。

陌生地，母親沉睡，她是否遙想二十三年前從中山北路遷居到大直，彷彿依稀的記憶？新家陌生，舊居眷戀，那是久而熟稔的親切；安靜、默然，是否只在夢中，回溯失智前清晰的美麗與哀愁？半世紀和父親的愛恨、悲歡，俱往矣！

母親九五，兒子六九。相與冬、秋逐老……您的遺忘，我的書寫，是追憶逝水年華抑或是彼此映照生命相異的情境怯於訴說的蒼茫？曾經，母子疏離，祈盼，夢中見，傾談可放懷。至愛的母親啊，夢的深沉，童女年代悲苦，孤寂的基隆河畔，磚窯、舢舨，久一見礦工的父親，我七歲之前難忘的祖父……我們都由衷留憶那溫婉的擁抱吧？

散步，彷如京都鴨川擬摹的南崁溪旁，竟然母子巧遇的欣喜；Kami推著坐在輪椅上的您，午後春陽乍暖，竹夢橋上下看淺流潺潺，兒子俯身輕摟母親，指拂白髮已稀微，不免幾許心疼，媽媽，我也逐老了。換手，兒子推著輪椅，伴母親回家，陽臺看花。

創作年表

二〇〇六年五月，印刻文學印行《幸福在他方》。

二〇〇七年應九歌出版社之邀，主編《九十六年散文選》。十月，博客來網路書店印行短篇小說集《妳的威尼斯》。爾雅出版社印行詩集《旅人與戀人》。

二〇〇八年五月，為歌手賴佩霞專輯《愛的嘉年華》（福茂唱片）撰歌詞：〈詠嘆，櫻花雨〉。十二月，應詩人白靈邀約，首次參與在中國黃山舉行之「兩岸詩會」。與老友李昂、劉克襄受信義房屋委託，合著《上好一村》天下文化印行。

二〇〇九年二月，聯合文學印行《迷走尋路》。人間福報副刊專欄「靜謐生活」。五月，中華副刊專欄「邊境之書」。十月，應小說家履彊之邀，擔任內政部營建署「國家公園文學之旅」影集外景主持人。

二〇一〇年一月，聯合文學印行《邊境之書》。十一月，爾雅出版社印行《歡愛》。允為文學四十年紀念雙集。

二〇一一年五月，參與台灣文學館「百年小說研討會」。六行《酒的遠方》。

二〇一九年八月，《酒的遠方》獲金鼎獎文學類優良圖書推薦。十月，時報文化出版公司印行《掌中集》。

二〇二〇年三月，聯合文學印行《墨水隱身》自繪封面、內頁插圖。

二〇二二年五月，時報文化出版公司印行《秋天的約定》。

二〇二三年九月，聯合文學印行《南崁手記》。十一月，時報文化出版公司印行《漫畫阿Q正傳》搭配魯迅小說原著。

二〇二四年一月，幼獅文化公司新編印行《漫畫西遊記》。六月，時報文化出版公司印行《特洛伊留言》。

新人間 421

特洛伊留言

作者—林文義
主編—李國祥
企畫—吳美瑤

董事長—趙政岷
出版者—時報文化出版企業股份有限公司
一〇八〇一九臺北市和平西路三段二四〇號三樓
發行專線—（〇二）二三〇六—六八四二
讀者服務專線—〇八〇〇—二三一—七〇五
（〇二）二三〇四—七一〇三
讀者服務傳真—（〇二）二三〇四—六八五八
郵撥—一九三四四七二四時報文化出版公司
信箱—一〇八九九臺北華江橋郵局第九九信箱
時報悅讀網—http://www.readingtimes.com.tw
電子郵箱—genre@readingtimes.com.tw
法律顧問—理律法律事務所　陳長文律師、李念祖律師
印刷—勁達印刷有限公司
初版一刷—二〇二四年六月二十一日
定價—新臺幣三三〇元

時報文化出版公司成立於一九七五年，
並於一九九九年股票上櫃公開發行，於二〇〇八年脫離中時集團非屬旺中，
以「尊重智慧與創意的文化事業」為信念。

特洛伊留言 / 林文義著. — 初版. — 臺北市：時報文化出版企業股份有限公司，2024.06

面；　公分. —（新人間；421）

ISBN 978-626-396-431-0（平裝）

863.55　　113008155

ISBN 978-626-396-431-0
Printed in Taiwan